Fjodor M. Dostojewski

Helle Nächte
Die Sanfte

SERIE PIPER
Band 1352

Zu diesem Buch

Vier helle nordische Nächte verbringt ein »halbkranker Städter« redend mit der jungen lebenshungrigen Nasstenka, die sich von ihrem Geliebten verlassen glaubt. Obwohl sich zwischen ihnen beiden ein zartes Band der Liebe entspinnt, führt der Träumer als Postillon d'amour das Paar wieder zusammen, und Nasstenka verschwindet für immer aus seinem Leben.

Der Selbstmord einer jungen Näherin inspirierte Dostojewski, die Ehetragödie »Die Sanfte« zu schreiben: Ein vom Leben enttäuschter Pfandleiher rächt sich an der Welt, indem er seine junge sanfte Frau quält. Als er ihr jedoch eines Tages seine Gefühle offenbart, stürzt sie sich vollends gebrochen in den Tod. Durchgängig in der Form des inneren Monologs gehalten, ist diese psychologische Studie vielleicht Dostojewskis radikalster und modernster Text.

Fjodor Michailowitsch Dostojewski, geboren 1821 in Moskau. Studium an der Ingenieurschule der Militärakademie in St. Petersburg, widmete sich bald aber ganz der Literatur. Wegen Teilnahme an den Treffen des Petraschewski-Kreises, einer dem utopischen Sozialismus anhängenden Gruppe, wurde er zunächst zum Tode, dann zu vier Jahren Zwangsarbeit in Sibirien verurteilt. Bis 1854 Festungshaft in Omsk, diente anschließend als Soldat in Sibirien und kehrte 1859 nach St. Petersburg zurück. Zahlreiche Auslandsaufenthalte, u. a. in Deutschland, wo er sich beim Roulettespiel ruinierte, Herausgebertätigkeit (gemeinsam mit seinem Bruder Michail) bei verschiedenen Zeitschriften. Starb 1881 in St. Petersburg.

Fjodor M. Dostojewski

Helle Nächte

Ein empfindsamer Roman

Die Sanfte

Eine phantastische Erzählung

Aus dem Russischen
von E. K. Rahsin

Piper
München Zürich

Originaltitel »Belye noči« · »Krotkaja«

Von Fjodor M. Dostojewski liegen in der Serie Piper
bereits vor:
Einzelausgaben
Sämtliche Erzählungen (338)
Gesammelte Briefe 1833–1881 (461)
Der Spieler (507)
Aufzeichnungen aus einem Totenhaus (688)
Njetotschka Neswanowa (1009)
Ein junges Weib · Ein schwaches Herz (1177)
Dünndruck-Ausgabe der Werke
Der Idiot (400)
Rodion Raskolnikoff (401)
Die Brüder Karamasoff (402)
Die Dämonen (403)
Der Jüngling (404)
Onkelchens Traum (405)
Der Doppelgänger (406)
Der Spieler (408)
Weitere Werke sind in Vorbereitung.

Die Werke Dostojewskis erschienen in der Übertragung von
E. K. Rahsin im R. Piper & Co. Verlag
erstmals in den Jahren 1906–1919.
Die Texte sind den 1961 beziehungsweise
1965 neu durchgesehenen Ausgaben
»Der Doppelgänger« (»Helle Nächte«) und
»Der Spieler« (»Die Sanfte«) entnommen.

ISBN 3-492-11352-4
Neuausgabe Juli 1991

Umschlag Federico Luci,
unter Verwendung des Gemäldes
»Studentin« (1883) von Nikolai Jaroschenko
Satz: Offsetdruck Hablitzel, Dachau
Druck und Bindung: Clausen & Bosse, Leck
Printed in Germany

INHALT

Helle Nächte

Ein empfindsamer Roman

Aus den Erinnerungen eines Träumers

„. . . Oder ward er nur erschaffen,
Um eine kleine Weile lang
Deinem Herzen nah zu sein? . . .“

Iwan Turgenjeff

Die erste Nacht

Es war eine wundervolle Nacht – eine Nacht, wie wir sie vielleicht nur sehen, wenn wir jung sind, mein lieber Leser. Der Himmel war so tief und nachthell, daß man sich bei seinem Anblick unwillkürlich fragen mußte, ob denn wirklich unter einem solchen Himmel auch böse und launische Menschen leben können? Das ist nun freilich eine Frage, auf die man nur in jungen Jahren verfallen kann, nur in sehr jungen sogar, mein lieber Leser! Doch möge der Herr sie öfter in Ihrer Seele erwecken! ... Während ich noch in dieser Weise an verschiedene launische und böse Menschen dachte, mußte ich mich unwillkürlich auch meiner eigenen löblichen Aufführung während dieses ganzen Tages erinnern. Schon vom Morgen an hatte mich eine wunderliche Stimmung bedrückt. Ich hatte auf einmal die Empfindung, daß ich, der ohnehin Einsame, von allen verlassen wurde, daß alle sich von mir zurückzogen. Natürlich hat jetzt ein jeder das Recht, mich zu fragen: Ja, wer sind denn diese »alle«? Lebe ich doch bereits das achte Jahr in Petersburg und habe trotzdem noch so gut wie keine einzige Bekanntschaft zu machen verstanden. Aber wozu brauchte ich auch Bekannte? Ich bin doch sowieso schon mit ganz Petersburg bekannt. Eben deshalb schien es mir wohl, als ob alle mich verließen, da sich gerade jetzt ganz Petersburg aufmachte, um in die Sommerfrische zu fahren. Mir wurde es fast unheimlich, allein zu bleiben; drei Tage lang strich ich tief bekümmert in der Stadt umher, entchieden unfähig zu begreifen, was in mir vorging. Auf dem Newskij, im Sommergarten, an den Kais war kein einziges von den Gesichtern zu sehen, denen ich tagtäglich zu bestimmter Stunde an derselben Stelle zu begegnen pflegte. Die Betreffenden kennen mich natürlich nicht, ich aber – ich kenne sie. Ich kenne sie sogar ganz genau: ich habe ihre Physiognomien studiert und freue mich, wenn sie froh sind, und fühle mich verstimmt, wenn sie betrübt sind. Ja, ich kann sogar sagen, daß ich mit einem kleinen alten Herrn, dem ich jeden Tag zur gleichen Stunde an der Fontanka begegne, fast so gut wie befreundet bin. Er hat eine so wichtige, nachdenkliche Miene, und sein Unterkiefer bewegt sich immer, als kaue er etwas; der linke Arm schlenkert ein wenig und in der rechten Hand hat er einen langen Knotenstock mit einem goldenen Knauf. Auch er hat mich bemerkt und nimmt seitdem innigen Anteil an mir. So bin ich überzeugt, daß er, wenn er mich einmal nicht zur gewohnten Stunde an der gewohnten Stelle der Fontanka treffen sollte, sich gleichfalls entschieden verstimmt fühlen würde. Deshalb fehlt denn auch nicht viel, daß wir uns grüßen, namentlich wenn wir beide bei guter Laune sind. Vor kurzem noch, als wir uns ganze zwei Tage nicht gesehen hatten und dann einander am dritten Tage begegneten, hätten wir schon beinahe an die Hüte gegriffen, besannen uns aber zum Glück noch rechtzeitig, ließen die Hände sinken und gingen mit sichtlich anteilnehmender Zuvorkommenheit aneinander vorüber.

Ich bin auch mit den Häusern bekannt. Wenn ich so gehe, dann ist es, als laufe jedes, sobald es mich erblickt, ein paar Schritte aus der Front und sehe mich aus allen Fenstern an und sage gewissermaßen: »Guten Tag, hier bin ich! und wie geht es Ihnen? Auch ich bin, Gott sei Dank, ganz frisch und munter, aber im Mai wird man mir noch ein Stockwerk aufsetzen.« Oder »Guten Tag! Wie geht's? Denken Sie sich, ich werde morgen neu angestrichen!« Oder: »Bei mir gab's Feuer und ich wäre um ein Haar niedergebrannt! Ich habe mich dabei so erschreckt!« Und so weiter. Unter ihnen habe ich natürlich meine Lieblinge, sogar nahestehende Freunde. Eines von ihnen will sich in diesem Sommer von einem Architekten kurieren lassen. Werde dann unbedingt täglich hingehen, damit man mir den Freund nicht etwa vollkommen umbringt! Gott behüte ihn davor! ... Und niemals werde ich die Geschichte mit dem kleinen allerliebsten hellrosa Häuschen vergessen! Es war solch ein reizendes Häuschen, so freundlich sah es mich immer an und so stolz war es auf seine Reize unter den plumpen Nachbarn, daß mein Herz jedesmal lachte, wenn ich an ihm vorüberging. Plötzlich, in der vorigen Woche, wie ich in die Straße einbiege und nach meinem kleinen Liebling hinsehe – höre ich ein jammervolles Wehklagen: »Man tüncht mich gelb!« Diese Barbaren! Diese Bösewichte! Nichts hatten sie verschont: weder die Säulen noch die Karniese! Mein kleiner Freund war jetzt in der Tat gelb, gelb wie ein Kanarienvogel. Ich war nahe daran, vor Ärger selbst einen Gallenerguß ins Blut zu erleiden, und bis jetzt bin ich noch nicht stark genug gewesen, ihn wiederzusehen, meinen entstellten armen Kleinen, den man in der Farbe des Reiches der Mitte angestrichen hat.

Und nun, mein Leser, begreifen Sie wohl, auf welche Weise ich mit ganz Petersburg bekannt bin.

Ich sagte bereits, daß mich volle drei Tage eine seltsame Unruhe quälte, bis ich endlich ihre Ursache erriet. Auf der Straße fühlte ich mich nicht wohl (der eine war nicht zu sehen, der andere nicht, der dritte und vierte auch nicht, und wo mag wohl jener geblieben sein?), aber auch zu Hause fühlte ich mich so anders, daß ich mich selbst kaum wiedererkannte. Zwei Abende versuchte ich vergeblich, zu ergründen, was mir nun eigentlich in meinen vier Wänden fehlen mochte. Warum fühlte ich mich mit einem Mal so unbehaglich im Zimmer? Prüfend schaute ich mir meine grünen verräucherten Wände an, musterte die Decke, an der Matrjona mit großem Erfolg das Spinngewebe züchtete, besah mir meine Einrichtung, insbesondere jeden Stuhl, und fragte mich in Gedanken, ob nicht hier der Grund liege (denn wenn bei mir auch nur ein Stuhl nicht so steht, wie er gestern stand, dann bin ich nicht mehr ich selbst). Ich blickte nach dem Fenster, doch alles war umsonst ... mir ward deshalb kein bißchen leichter zumut! Ja, ich kam sogar auf den Gedanken, Matrjona zu rufen und ihr in väterlichem Ton einen gelinden Vorwurf wegen des Spinngewebes und der allgemeinen Vernachlässigung zu machen; aber die sah mich nur verwundert an und ging fort, ohne ein Wort zu erwidern, so daß das Spinngewebe auch jetzt noch wohlbehalten an der Decke hängt. Erst heute morgen erriet ich endlich, um was es sich handelte. Also: sie zogen ja alle in die Sommerfrische und ließen mich im Stich! – das war's: sie kniffen aus! Verzeihen Sie das triviale Wort, aber es war mir in dem Augenblick nicht um einen klassischen Ausdruck zu tun ... Es hatte doch wirklich alles, was in Petersburg lebte, die Stadt bereits verlassen, oder verließ sie noch täglich und stündlich. Wenigstens verwandelte sich in meinen Augen jeder ältere Herr von solidem Äußeren, der sich in eine Droschke setzte, in einen ehrwürdigen Familienvater, der nach den alltäglichen Geschäften in der Stadt hinausfuhr, um den Rest des Tages im Schoße seiner Familie zu verbringen. Jeder Mensch auf der Straße hatte jetzt ein völlig anderes Aussehen, eines, das jedem etwa sagen zu wollen schien: »Wir sind hier ja nur noch so, sind nur noch kurze Zeit hier, in zwei Stunden bereits fahren wir hinaus ins Grüne!« Oder öffnete sich ein Fenster, an dessen Scheiben zuerst schlanke, zuckerweiße Fingerchen getrommelt hatten, und beugte sich das hübsche Köpfchen eines jungen Mädchens heraus, um den Blumenhändler herbeizurufen, – da stellte ich mir vor, daß diese Blumen durchaus nicht deshalb von ihr gekauft wurden, um sich an diesem Blumentopf mit den paar Knospen und Blüten wie an einem Stück Frühling in der dumpfen Stube zu erfreuen, und daß sehr bald alle die Stadt verlassen und auch die Blumen mitnehmen würden. Doch damit noch nicht genug, ich machte vielmehr in meinem neuen Entdeckerberuf solche Fortschritte, daß ich bald schon allein nach dem Äußeren unfehlbar festzustellen vermochte, welchen Villenort ein jeder gewählt hatte. Die Bewohner der gepflegten Deltainseln der Newa oder der Villen an der Landstraße nach Peterhof zeichneten sich durch auserlesene Eleganz sowohl im Gang und in jeder Geste wie in den Sommerkostümen und Hüten aus, sie besaßen prachtvolle Equipagen, in denen sie zur Stadt gefahren kamen. Die Einwohner von Párgolowo und dort weiter hinaus „imponierten" einem auf den ersten Blick durch ihre vernünftige Gediegenheit, und die von der Krestówskij-Insel durch ihre unverwüstlich heitere Gemütsverfassung. Traf es sich, daß ich einer langen Prozession von Frachtfuhrleuten begegnete, die, die Leine in der Hand, gemächlich einhertrotteten neben ihren hochbeladenen Lastwagen, auf denen ganze Berge von Tischen, Betten, Stühlen, türkischen und nichttürkischen Diwans schaukelten und auf deren Gipfel oft noch eine Küchenfee mit etwas verzagten Mienen thronte, oder auch, wenn sie sich sicherer fühlte, das herrschaftliche Gut mit Argusaugen bewachte, damit nur ja nichts unterwegs verloren ginge, – oder sah ich auf der Newa oder der Fontanka ein paar mit Hausgerät beladene Boote nach den Inseln oder stromaufwärts nach der Tschórnaja-rjétschka ziehen, – die Boote wie die Fuhren verzehn-, verhundertfachten sich in meinen Augen –: so schien es mir, als mache alle Welt sich auf und ziehe in Karawanen hinaus, und als verwandle Petersburg sich in eine Wüste, so daß ich mich zu guter Letzt entschieden beschämt und gekränkt fühlte, und natürlich auch betrübt. Denn nur ich allein hatte keine Möglichkeit und wohl auch keinen Grund, in die Sommerfrische hinauszuziehen. Und doch war ich bereit, auf jeden Lastwagen zu springen, mit jedem Herrn, der sich in eine Droschke setzte, mitzufahren; aber nicht einer von ihnen, kein einziger forderte mich dazu auf. Es war, als hätten sie mich plötzlich alle vergessen, als wäre ich ihnen allen im Grunde doch vollkommen fremd!

Ich spazierte oft und lange umher, so daß ich meiner Gewohnheit gemäß immer wieder vergaß, wo ich eigentlich ging, bis ich mich schließlich an der Stadtgrenze fand. Da ward mir im Augenblick fröhlich zumut, und ich trat hinter den Schlagbaum und ging weiter zwischen den wohlbestellten Feldern und Wiesen, ohne Müdigkeit zu verspüren, fühlte aber mit meinem ganzen Körper, daß mir eine Last von der Seele fiel. Alle, die an mir vorüberfuhren, sahen mich so freundlich an, fast als wollten sie mich grüßen; alle schienen sie über irgend etwas froh zu sein. Und auch ich wurde so froh, wie ich noch nie in meinem Leben gewesen war. Ganz als befände ich mich plötzlich in Italien – so mächtig wirkte die Natur auf mich, den halbkranken Städter, der zwischen den Häusermauern fast schon erstickt wäre.

Es liegt etwas unsagbar Rührendes in unserer Petersburger Natur, wenn sie im Frühling erwacht und plötzlich ihre ganze Macht offenbart und alle ihr vom Himmel verliehenen Kräfte entfaltet: wenn sie sich mit weichem Laub umhüllt und mit bunten Blumen schmückt ... Dann erinnert sie mich unwillkürlich an ein sieches Mädchen, auf das man zuweilen mit Bedauern, zuweilen mit einer seltsam mitleidigen Liebe blickt oder das man zuweilen auch überhaupt nicht bemerkt, das dann aber plötzlich, auf einen Augenblick und ganz unverhofft, nahezu märchenhaft schön wird, so schön, daß man bestürzt und berauscht vor ihr steht und sich verwundert fragt: welche Macht hat in ihren traurigen, verträumten Augen dieses Leuchten erweckt? Was hat das Blut in ihre bleichen, abgezehrten Wangen getrieben und läßt nun diese zarten Züge tiefe Leidenschaft widerspiegeln? Weshalb hebt sich ihre Brust? Was hat so plötzlich Kraft, Leben und Schönheit in das Antlitz des armen Mädchens gebracht, daß es in süßem Lächeln erglänzt und zu sprühendem Lachen fähig wird? Und man sieht sich im Kreise um, man sucht jemand, man beginnt zu ahnen, zu erraten ... Doch der Augenblick ist vergänglich; vielleicht morgen schon werden wir wieder dem zerstreuten, verträumten Blick begegnen, wie früher, und werden wieder das blasse Gesicht wahrnehmen und dieselbe Ergebung und Schüchternheit in den Bewegungen und sogar so etwas wie Reue, sogar Spuren eines lähmenden Kummers und Ärgers über dieses kurze Aufleben ... Und es tut einem leid, daß die Schönheit so schnell und unwiderruflich verwelkt ist, daß sie so trügerisch und vergeblich vor einem geleuchtet hat – leid, weil man nicht einmal Zeit gehabt hat, sie liebzugewinnen ...

Und doch war die folgende Nacht noch schöner als dieser Tag! Und das kam so:

Ich kehrte erst spät in die Stadt zurück. Es schlug bereits zehn, als ich mich meiner Wohnung näherte. Mein Weg führte am Kanal entlang, wo zu dieser Stunde gewöhnlich keine lebende Seele zu sehen ist. Freilich lebe ich auch in einem sehr stillen, entlegenen Stadtteil. Ich ging und sang, denn wenn ich glücklich bin, muß ich unbedingt irgend etwas vor mich hinsummen, wie eben jeder glückliche Mensch, der weder Freunde noch gute Bekannte hat, noch einen Menschen, mit dem er seine frohen Augenblicke teilen könnte. Da nun, in dieser Nacht, hatte ich plötzlich ein überraschendes Abenteuer.

Nicht weit vor mir erblickte ich eine Gestalt in Frauenkleidern: sie stand und stützte die Ellbogen auf das Geländer des Kais und sah, wie es schien, aufmerksam in das trübe Wasser des Kanals. Sie trug ein entzückendes gelbes Hütchen und eine kokette kleine schwarze Mantille. ‚Das ist ein junges Mädchen und sicherlich ist sie brünett', dachte ich. Sie schien meine Schritte nicht zu hören, denn sie rührte sich nicht, als ich langsam mit angehaltenem Atem und laut pochendem Herzen an ihr vorüberging. ‚Sonderbar!' dachte ich, ‚jedenfalls muß sie ganz in Gedanken versunken sein' – und plötzlich zuckte ich zusammen und blieb wie gebannt stehen: ich hörte unterdrücktes Schluchzen ... Ja! ich täuschte mich nicht: das junge Mädchen weinte; nach einer Weile klang es wieder wie ein Aufschluchzen, und dann wieder. Mein Gott! Das Herz krampfte sich mir zusammen. Und wie befangen ich auch sonst Frauen gegenüber bin, aber diesmal – es war eben ein solcher Augenblick! ... Kurz, ich kehrte zurück, trat auf sie zu und – würde unbedingt

»Meine Gnädigste!« gesagt haben, wenn ich nicht gewußt hätte, daß diese Anrede in allen russischen Romanen, welche die höheren Gesellschaftskreise schildern, mindestens tausendmal vorkommt. Das allein hielt mich davon ab. Doch während ich noch nach einer passenden Anrede suchte, kam das junge Mädchen wieder zu sich, sah sich um, erblickte mich, schlug die Augen nieder und huschte an mir vorüber. Ich folgte ihr sogleich, was sie jedoch zu fühlen schien, denn sie verließ den Kai, überschritt die Straße und ging auf dem anderen Trottoir weiter. Ich wagte nicht, ihr dorthin zu folgen. Mein Herz pochte wie das Herz eines gefangenen Vogels. Da kam mir ein Zufall zu Hilfe.

Auf jenem Bürgersteig tauchte plötzlich in der Nähe meiner Unbekannten ein Herr auf – ein Herr in zweifellos soliden Jahren, jedoch mit einer Gangart, die sich nicht gerade als solid bezeichnen ließ. Er ging wankend und stützte sich mitunter an die Häuser. Das junge Mädchen schritt indes gesenkten Blicks weiter, ohne sich umzusehen, und so schnell, wie es alle jungen Mädchen tun, die nicht wünschen, daß jemand sich ihnen nähere und sich erbiete, sie in der Nacht nach Hause zu begleiten. Der wankende Herr hätte sie auch niemals eingeholt, wenn er nicht mit einer gewissen Schlauheit auf etwas Nichtvorherzusehendes verfallen wäre: ohne ein Wort oder einen Anruf, raffte er sich nämlich plötzlich auf und lief ihr möglichst leise nach. Sie ging wie der Wind, doch der Herr kam ihr schnell näher und holte sie ein – das Mädchen schrie auf, und ... ich dankte dem Schicksal für den derben Knotenstock, den ich diesmal in meiner Rechten hielt. Im Augenblick war ich auf der anderen Seite, im Augenblick begriff auch der Herr, um was es sich handelte, und die Vernunft siegte in ihm: er schwieg, trat zurück, und erst als wir fast schon außer Hörweite waren, protestierte er in ziemlich energischen Ausdrücken gegen meine Handlungsweise. Doch seine Worte erreichten uns kaum noch.

»Nehmen Sie meinen Arm«, sagte ich zu der Unbekannten, »dann wird er es nicht mehr wagen, Sie zu belästigen.«

Schweigend legte sie ihr Händchen, das von der Aufregung und dem Schreck noch zitterte, auf meinen Arm. Oh, du ungerufener Herr! Wie segnete ich dich in diesem Augenblick! Ich warf einen schnellen Blick auf meine Begleiterin: sie sah reizend aus und war brünett, wie ich es mir gleich gedacht hatte. An ihren dunklen Wimpern glänzten noch Tränen – ob vom Schreck oder von dem Kummer, über den sie am Kai geweint, das lasse ich dahingestellt. Aber ihre Lippen versuchten schon, zu lächeln. Auch sie sah mich heimlich an, errötete, als ich es bemerkte, und senkte den Blick.

»Sehen Sie nun, warum liefen Sie vorhin von mir fort? Wäre ich bei Ihnen gewesen, so wäre nichts geschehen ...«

»Aber ich kannte Sie doch nicht! Ich dachte, daß Sie ebenso ...«

»Ja, kennen Sie mich denn jetzt?«

»Ein wenig. Aber – weshalb zittern Sie?«

»Oh, da haben Sie gleich alles erraten!« versetzte ich entzückt, denn ich glaubte, ihrer Bemerkung entnehmen zu dürfen, daß sie, die so schön war, auch klug war. »Wie Sie gleich auf den ersten Blick erkennen, mit wem Sie es zu tun haben! Es ist wahr, ich bin Frauen gegenüber befangen, und ich leugne auch nicht, daß ich mich im Augenblick erregt fühle, ebenso wie Sie vor ein paar Minuten, als jener Herr Sie erschreckte ... Auch ich fühle jetzt so etwas wie einen Schreck: die ganze Nacht erscheint mir wie ein Traum, mir, der ich es mir niemals habe träumen lassen, daß ich jemals in die Lage kommen könnte, mit einem jungen Mädchen in dieser Weise zu sprechen.«

»Wie? – Was Sie nicht sagen?«

»Mein Wort darauf; wenn mein Arm jetzt bebt, so kommt das nur daher, daß er noch nie von einer so reizenden kleinen Hand, wie der Ihrigen, berührt worden ist. Ich bin jetzt des Umgangs mit Frauen vollständig ungewohnt; das heißt, ich will damit nicht etwa sagen, daß ich früher einmal einen solchen Umgang gewohnt gewesen sei. Nein, ich lebe von jeher allein und für mich ... Ich weiß nicht einmal, wie man mit ihnen spricht. Auch jetzt zum Beispiel weiß ich nicht, ob ich Ihnen nicht irgendeine Dummheit gesagt habe. Ist das der Fall, so sagen Sie es mir, bitte, ganz offen. Ich werde es ihnen nicht übelnehmen . . .«

»Nein, nein, gar nicht, im Gegenteil. Und wenn Sie schon verlangen, daß ich aufrichtig sein soll, dann will ich Ihnen sagen, daß solche Befangenheit den Frauen sogar gefällt. Und wenn Sie noch mehr wissen wollen, dann will ich gleich gestehen, daß sie auch mir gefällt, und ich werde Sie nicht früher fortschicken, als bis ich bei unserem Hause angelangt bin.«

»Sie sind ja so reizend, daß ich gleich meine ganze Befangenheit verliere«, rief ich entzückt, »und dann lebt wohl, alle meine Chancen! . . .«

»Chancen? Was für Chancen, und wozu? Nein, das gefällt mir nun wieder gar nicht!«

»Verzeihung, es ist mir auch nur so . . . entschlüpft, ganz gegen meinen Willen! Aber wie können Sie auch verlangen, daß in einem solchen Augenblick nicht der Wunsch erwachen soll . . .?«

»Zu gefallen etwa?«

»Nun ja, versteht sich. Aber seien Sie – oh, um Gottes willen, seien Sie großmütig! Bedenken Sie, wer ich bin! Ich bin schon sechsundzwanzig Jahre alt – und noch habe ich mit keinem Menschen Verkehr gehabt. Wie sollte ich da plötzlich nach allen Regeln der Kunst eine Unterhaltung anzuknüpfen verstehen? Aber Sie werden mich um so besser begreifen, wenn alles offen vor Ihnen liegt . . . Ich verstehe nicht zu schweigen, wenn das Herz in mir spricht. Nun, gleichviel . . . Glauben Sie mir, ich kenne keine einzige Frau, keine einzige! Ich habe überhaupt keine Bekanntschaft. Ich träume nur jeden Tag, daß ich endlich einmal irgendwo doch irgend eine treffen und kennen lernen werde. Ach, wenn Sie wüßten, wie oft ich schon auf diese Weise verliebt gewesen bin . . .«

»Aber wie denn das, in wen denn?«

»Ja, in niemand, einfach in ein Ideal, das ich im Traum vor mir sehe. Ich ersinne in meinen Träumen gewöhnlich ganze Romane. Oh, Sie kennen mich noch nicht! Doch was sage ich! – natürlich habe ich mit zwei oder drei Frauen gesprochen, aber was waren denn das für Frauen? Das waren ja nur solche Wirtschafterinnen, daß ... Aber ich will Sie lieber fröhlich machen und Ihnen etwas erzählen: Ich habe schon mehrmals die Absicht gehabt, so ganz ohne weiteres irgendeine Aristokratin auf der Straße anzureden. Selbstverständlich, wenn sie allein ist, und ebenso selbstverständlich mit aller Ehrerbietung, aber doch mit Bangen, um ihr dann voll Leidenschaft zu sagen, daß ich so allein umkomme, und um sie zu bitten, daß sie mich nicht fortjage und daß ich sonst keine Möglichkeit habe, auch nur je irgendeine Frau kennen zu lernen. Ich würde ihr sagen, daß es sogar die Pflicht jeder Frau sei, die bescheidene Bitte eines so unglücklichen Menschen, wie ich einer bin, nicht abzuschlagen. Daß schließlich alles, um was ich sie bitte, nichts weiter sei, als daß sie mir schwesterlich zwei Worte sage, daß sie mir nur etwas Teilnahme zeige und mich nicht gleich im ersten Augenblick davonjagen solle, daß sie mir vielmehr aufs Wort glauben und daß sie anhören möge, was ich ihr zu sagen wünsche, und sollte sie mich auch auslachen, gleichviel! – aber daß sie mir wenigstens etwas Hoffnung geben und mir zwei Worte sagen müsse, nur zwei Worte, damit würde ich mich zufrieden geben, und sollten wir uns auch nie wiedersehen! ... Aber Sie lachen ja ... Übrigens rede ich ja auch nur deshalb ...«

»Seien Sie mir nicht böse. Ich lache, weil Sie ja Ihr eigener Feind sind ... Wenn Sie es versuchten, so würde es Ihnen schon gelingen, und wäre es auch auf der Straße: je einfacher, desto besser. Keine einzige gute Frau würde es übers Herz bringen, wenn sie nur nicht schlecht oder dumm ist oder in dem Augenblick gerade sehr verärgert über irgend etwas, Sie fortzuschicken, ohne Ihre zwei Worte anzuhören – wenn Sie so bescheiden darum bitten ... Übrigens, was sage ich da!

Natürlich würde sie Sie für einen Verrückten halten! Im übrigen habe ich da nur nach meinem Empfinden geurteilt. Ich weiß doch selbst so wenig, wie die Menschen wirklich sind.«

»Oh, ich danke Ihnen«, rief ich, »Sie wissen nicht, was Sie mir mit Ihrer Antwort gegeben haben!«

»Gut, gut! Aber sagen Sie mir, woran haben Sie es erkannt, daß ich ein Mädchen bin, mit dem man ... nun, das Sie für würdig halten ... Ihrer Aufmerksamkeit und Freundschaft ... Mit einem Wort, keine Wirtschafterin, wie Sie sagten ... Warum entschlossen Sie sich, sich gerade mir zu nähern?«

»Warum? Warum! Sie waren allein, jener Herr benahm sich so dreist und jetzt ist es Nacht: da werden Sie doch zugeben, daß es meine Pflicht war ...«

»Nein, nein, vorher, dort, auf der anderen Seite, am Kai. Da wollten Sie sich mir doch schon nähern?«

»Dort, auf jener Seite? Ich weiß nicht, was ich Ihnen darauf antworten soll ... Ich fürchte ... Ja, sehen Sie, ich war heute so glücklich: ich ging und sang, ich war draußen vor der Stadt ... ich habe mich noch nie so glücklich gefühlt. Sie dagegen ... aber vielleicht schien es mir nur so ... verzeihen Sie, daß ich Sie daran erinnere – es schien mir, daß Sie weinten, und ich ... ich vermochte das nicht mitanzuhören ... Es preßte mir das Herz zusammen ... Mein Gott, konnte ich Ihnen denn nicht helfen? Durfte ich nicht Ihren Kummer teilen? War es denn Sünde, daß ich brüderliches Mitleid mit Ihnen empfand? ... Verzeihen Sie, ich sagte Mitleid ... Nun gleichviel, mit einem Wort – konnte es Sie denn beleidigen, wenn ich da unwillkürlich das Verlangen empfand, mich Ihnen zu nähern? ...«

»Schon gut, hören Sie auf, sprechen Sie nicht weiter ...«, unterbrach mich das Mädchen. Sie sah verwirrt zu Boden; ich fühlte, wie ihre Hand zuckte. »Es ist meine Schuld, daß ich überhaupt davon anfing. Aber es freut mich, daß ich mich in Ihnen nicht getäuscht habe ... So, jetzt bin ich gleich zu

Hause, ich muß hierher in die Querstraße, nur noch zwei Schritte ... Leben Sie wohl, und ich danke Ihnen ...«

»Ja, sollen wir uns denn wirklich niemals wiedersehen? ... Soll das denn schon das Ende sein?«

»Sehen Sie, wie Sie sind!« sagte sie lachend. »Anfangs wollten Sie nur zwei Worte reden, und jetzt! ... Übrigens will ich nichts verschwören ... Vielleicht werden wir einander noch begegnen ...«

»Ich werde morgen wieder hier sein«, sagte ich schnell. »Verzeihen Sie, ich fordere bereits ...«

»Ja, Sie sind recht ungeduldig ... fast fordern Sie bereits ...«

»Hören Sie, hören Sie!« unterbrach ich sie, »verzeihen Sie, wenn ich Ihnen nun wieder irgend so etwas sage ... Aber sehen Sie: ich kann nicht anders, ich muß morgen hierherkommen. Ich bin ein Träumer, ich kenne so wenig wirkliches Leben, und einen solchen Augenblick wie diesen erlebe ich so selten, daß es mir ganz unmöglich wäre, ihn mir in meinen Träumen nicht immer wieder zu vergegenwärtigen. Von Ihnen werde ich jetzt die ganze Nacht träumen, die ganze Woche, das ganze Jahr! Ich werde unbedingt morgen hierherkommen, gerade hierher, wo wir jetzt stehen, und um dieselbe Zeit, und ich werde glücklich sein in der Erinnerung an die heutige Begegnung. Schon jetzt ist mir diese Stelle hier lieb. So habe ich noch zwei oder drei andere Stellen in Petersburg, die mir lieb sind. Ich habe einmal sogar geweint, ganz wie Sie vorhin, als plötzlich eine Erinnerung in mir erwachte ... Vielleicht haben Sie heute dort am Kai gleichfalls nur deshalb geweint, weil eine Erinnerung über Sie kam ... Verzeihen Sie, ich habe wieder davon gesprochen! Sie waren dort vielleicht einmal ganz besonders glücklich ...«

»Nun gut«, sagte das Mädchen plötzlich, »also hören Sie: ich werde morgen auch hierherkommen, um zehn Uhr. Ich sehe, daß ich es Ihnen doch nicht verbieten kann ... Aber Sie wissen noch nicht, um was es sich handelt – ich muß nämlich sowieso unbedingt hierherkommen. Denken Sie deshalb nicht, daß ich Ihnen ein Stelldichein gebe! Ich muß vielmehr aus einem ganz besonderen Grund und in meinem eigenen Interesse hierherkommen, damit Sie's wissen. Aber ... nun gut, ich will ganz aufrichtig sein: es tut nichts, wenn auch Sie hierher kommen. Erstens könnte es wieder eine Unannehmlichkeit geben, wenn ich allein bin, wie heute, aber das ist nicht so wichtig ... Nein, kurz: ich würde Sie gern wiedersehen, um ... um ein paar Worte mit Ihnen zu sprechen. Nur, sehen Sie, Sie werden mich doch jetzt nicht verurteilen? Denken Sie deshalb nicht, daß ich so leicht ein Stelldichein gebe ... Ich würde es auch nicht tun, wenn nicht ... Nein, das mag noch mein Geheimnis bleiben! Aber zuvor eine Bedingung ...«

»Eine Bedingung?! Sagen Sie, sprechen Sie es aus – ich bin mit allem einverstanden, bin zu allem bereit!« rief ich förmlich begeistert aus. »Ich stehe für mich ein – ich werde gehorsam, werde ehrerbietig sein . . . Sie kennen mich doch ...«

»Gerade deswegen, weil ich Sie kenne, fordere ich Sie auch für morgen auf«, sagte das Mädchen lachend. »Ich kenne Sie bereits ganz genau. Aber wie gesagt, kommen Sie nur unter einer Bedingung: seien Sie so gut und erfüllen Sie meine Bitte, ja? Sie sehen, ich rede ganz offen! Also: daß Sie sich nicht in mich verlieben ... Das darf nicht geschehen, auf keinen Fall. Zur Freundschaft bin ich herzlich gern bereit, hier, meine Hand darauf ... Aber verlieben, nein, nur das nicht, ich bitte Sie!«

»Ich schwöre Ihnen«, rief ich und ergriff ihre Hand.

»Schon gut, schwören Sie nicht, ich weiß ja doch, daß Sie fähig sind, sich wie Pulver zu entzünden. Verübeln Sie es mir nicht, wenn ich Ihnen so etwas sage. Aber wenn Sie wüßten ... Ich habe auch keinen Menschen, mit dem ich ein Wort sprechen oder den ich um Rat fragen könnte. Natürlich sucht man im allgemeinen seine Ratgeber nicht auf der Straße, aber Sie sind eine Ausnahme. Ich kenne Sie schon so gut, als wären wir seit zwanzig Jahren Freunde. Nicht wahr, Sie sind doch kein Ungetreuer, Sie werden Ihr Versprechen doch halten? . . .«

»Sie werden sehen, Sie werden sehen . . . nur freilich, wie ich die nächsten vierundzwanzig Stunden überleben soll, das weiß ich nicht!«

»Schlafen Sie so fest wie möglich. Und nun, gute Nacht! – und vergessen Sie nicht, daß ich Ihnen schon mein Vertrauen geschenkt habe. Aber es war so hübsch, was Sie vorhin sagten, und Sie haben recht, man kann einander doch wirklich nicht über jedes Gefühl Rechenschaft geben, und wenn es auch nur brüderliches oder schwesterliches Mitgefühl ist! Wissen Sie, das sagten Sie so lieb, daß mir sogleich der Gedanke kam, mich Ihnen anzuvertrauen . . .«

»Ja . . . aber worin denn?«

»Morgen sag' ich's Ihnen. Bis dahin mag es noch mein Geheimnis bleiben. Um so besser für Sie: das Ganze wird so wenigstens wirklich wie ein Roman aussehen. Vielleicht werde ich es Ihnen schon morgen sagen, vielleicht aber auch morgen noch nicht . . . Ich werde mit Ihnen vorher noch von anderem sprechen: wir müssen uns erst näher kennen lernen . . .«

»Oh, was mich betrifft, so erzähle ich Ihnen morgen meinetwegen alles von mir! Aber was ist das nur? Mir kommt es vor, als geschehe ein Wunder mit mir . . . Wo bin ich, mein Gott?! So sagen Sie doch, sind Sie nun wirklich nicht ungehalten darüber, daß Sie mich nicht gleich zu Anfang fortgeschickt haben? Es waren nur zwei Minuten: und Sie haben mich für immer glücklich gemacht. Ja, glücklich! Wer weiß, vielleicht haben Sie mich sogar mit mir selbst versöhnt und alle meine Zweifel behoben . . . Vielleicht habe ich Augenblicke . . . Ach, nein, morgen erzähle ich Ihnen alles, dann werden Sie alles erfahren, alles . . .«

»Gut! abgemacht! Und Sie erzählen zuerst.«

»Einverstanden!«

»Dann also auf Wiedersehen!«

»Auf Wiedersehen!«

Wir trennten uns. Ich lief noch die ganze Nacht umher: ich konnte mich nicht entschließen, nach Haus zurückzukehren. Ich war so glücklich ... ich dachte nur an dieses Wiedersehen!

Die zweite Nacht

»Da hättens wir's also glücklich überlebt!« sagte sie zum Gruß und drückte mir lachend beide Hände.

»Ich bin schon seit zwei Stunden hier. Sie wissen nicht, wie ich den Tag verbracht habe.«

»Ich weiß, ich weiß ... Doch zur Sache! Was meinen Sie wohl, weshalb ich hergekommen bin? Doch nicht, um solchen Unsinn zu reden wie gestern! Nein, hören Sie mich an: wir müssen hinfort klüger sein. Ich habe mir das reiflich überlegt.«

»Warum denn, warum denn klüger? Ich meinerseits bin ja gern dazu bereit; nur ist mir sowieso schon in meinem Leben noch nichts Klügeres geschehen als gestern ...«

»Wirklich? Aber hören Sie – erstens bitte ich Sie, meine Hände nicht so zu drücken; und zweitens teile ich Ihnen mit, daß ich heute lange über Sie nachgedacht habe.«

»Nun, und? Was war das Ergebnis?«

»Das Ergebnis? Ich kam zu der Einsicht, daß wir von neuem anfangen müssen, denn zum Schluß sagte ich mir doch, daß ich Sie ja noch gar nicht kenne und daß ich mich gestern recht wie ein Kind, wie ein ganz kleines Mädchen benommen habe. Dabei stellte es sich aber heraus, daß an allem natürlich nur mein gutes Herz schuld war, das heißt: ich habe zum Schluß vor mir selbst ordentlich groß getan, wie das ja zu guter Letzt immer geschieht, wenn wir uns über uns selbst Rechenschaft geben. Und deshalb, um den Fehler wieder gutzumachen, habe ich mir vorgenommen, zunächst alles über Sie ganz genau in Erfahrung zu bringen.

Da ich nun aber niemand kenne, bei dem ich mich nach Ihnen erkundigen könnte, so müssen Sie selbst mir alles erzählen, aber auch wirklich alles und ganz ausführlich. Nun also: was für ein Mensch sind Sie? Schnell! – so fangen Sie doch schon an, erzählen Sie Ihre Geschichte!«

»Geschichte?« rief ich erschrocken, »meine Geschichte? Aber wer hat Ihnen denn gesagt, daß ich eine Geschichte habe? Ich habe keine Geschichte ...«

»Ja ... Wie haben Sie denn überhaupt gelebt, wenn Sie keine Geschichte haben?« fragte sie lachend.

»Oh, ganz ohne jede Geschichte! Also, ich habe eben gelebt, für mich allein, wie man bei uns zu sagen pflegt, eben ganz allein, immer allein, vollkommen allein – wissen Sie, was das heißt: ‚allein'?«

»Aber wie denn: allein? So, daß Sie niemals jemand gesehen haben?«

»O nein, gesehen – das schon. Aber trotzdem war ich immer allein.«

»Ja, wie, ich verstehe Sie nicht. Sprechen Sie denn mit keinem Menschen?«

»Strenggenommen – mit keinem einzigen.«

»Aber was sind Sie denn für ein Mensch, erklären Sie mir das doch. Nein! Warten Sie, ich errate es schon von selbst: Sie haben ganz sicher auch eine Großmutter, genau wie ich. Die meinige ist blind, wissen Sie, und nun läßt sie mich ihr Lebtag nicht von sich fort, so daß ich fast schon zu sprechen verlernt habe. Als ich ihr nämlich vor zwei Jahren einen kleinen Streich spielte und sie einsehen mußte, daß sie kein Mittel hatte, solchen Streichen vorzubeugen, da rief sie mich zu sich und steckte mein Kleid mit einer Stecknadel an das ihrige – und so sitzen wir denn seitdem tagaus tagein nebeneinander. Sie strickt ihren Strumpf, obschon sie blind ist, und ich muß neben ihr sitzen, nähen oder ihr aus einem Buch vorlesen – ... oh, oft kommt es mir selber ganz sonderbar vor, daß ich nun schon zwei Jahre lang in dieser Weise angesteckt bin ...«

»Mein Gott, das muß allerdings furchtbar sein! Aber ich, ich habe keine solche Großmutter.«

»Dann begreife ich nicht, wie Sie immer zu Hause sitzen können?«

»Hören Sie, Sie wollten ja wissen, wer ich bin?«

»Allerdings!«

»Im Ernst?«

»Natürlich!«

»Gut. Ich bin also: ein – Typ.«

»Was? Ein Typ? Was für ein Typ?« fragte das Mädchen verwundert und lachte dann so herzlich, als habe sie ein ganzes Jahr lang nicht gelacht. »Aber ich sehe schon, es ist riesig lustig, sich mit Ihnen zu unterhalten! Warten Sie: dort ist eine Bank, setzen wir uns! Hier geht kein Mensch vorüber, niemand kann uns hören. So, nun fangen Sie an mit Ihrer Geschichte! Denn, daß Sie keine haben, glaube ich Ihnen nicht. Sie haben eine. Sie wollen sie nur nicht erzählen. Aber zuerst sagen Sie mir, was ist ein Typ?«

»Ein Typ? Ein Typ ist ein – Original. Das ist so ein komischer Kauz«, erklärte ich, und mußte gleichfalls lachen. »Es gibt nun einmal solche – wie soll ich sagen? – solche Charaktere. Sie wissen doch, was ein Träumer ist?«

»Ein Träumer? Natürlich! Ich bin selbst eine Träumerin! Manchmal, wenn man so neben Großmutter sitzt, – was kommt einem da nicht alles in den Sinn! Fängt man erst einmal an, zu träumen, so spinnen sich die Träume bald von selbst weiter, und da kommt es denn vor, daß ich in der Phantasie einfach einen chinesischen Prinzen heirate ... Mitunter ist es auch ganz gut, zu träumen. Nein, übrigens, weiß Gott! Namentlich wenn man auch noch sein anderes hat, woran man denken kann ...«, schloß das Mädchen unvermittelt und diesmal ziemlich ernst.

»Vortrefflich! Wenn Sie einmal einen chinesischen Prinzen geheiratet haben, dann werden Sie mich vollkommen verstehen! Also, hören Sie ... Doch erlauben Sie: ich weiß noch nicht einmal, wie Sie heißen.«

»Endlich! Es fällt Ihnen wirklich früh ein, danach zu fragen!«

»Mein Gott, ja ... Ich dachte gar nicht daran, ich war auch so schon glücklich ...«

»Ich heiße – Násstenka.«

»Nasstenka! Nur Nasstenka?«

»Nur! Ist Ihnen denn das noch zu wenig, Sie Unersättlicher?«

»Zu wenig? Oh, im Gegenteil, es ist viel, sehr viel, Nasstenka, Sie gutes Mädchen, Sie, die Sie für mich gleich am ersten Abend zu Nasstenka geworden sind!«

»Das meine ich auch. Nun?«

»Nun ja, also, Nasstenka, dann hören Sie mal zu, was für eine komische Geschichte das ist.«

Ich setzte mich neben sie, machte eine pedantische ernste Miene und begann, als wäre es eine Vorlesung:

»Es gibt, Nasstenka, wenn Sie das noch nicht wissen, es gibt hier in Petersburg recht merkwürdige Winkel. Es ist, als schiene dorthin niemals *die* Sonne, die für alle Petersburger leuchtet, sondern eine andere, neue, die gleichsam nur für diese Winkel geschaffen ist, und es ist auch ganz so, als schiene sie auf alles andere auf der Welt mit einem ganz anderen, einem besonderen Licht. In diesen Winkeln, liebe Nasstenka, ist es, als rege sich ein ganz anderes Leben, eines, das gar nicht dem gleicht, das uns sonst umgibt, sondern eines, das es nur, wie man meinen sollte, in einem tausend Meilen fernen Reich geben könnte, nicht aber hier bei uns in unserer ernsten, überernsten Zeit. Doch gerade dieses Leben ist nur eine Mischung von etwas rein Phantastischem, glühend Idealem, und zugleich doch – leider, Nasstenka! – trübe Alltäglichem und platt Gewöhnlichem, um nicht zu sagen: bis zur Unwahrscheinlichkeit Gemeinem.«

»Pfui! Großer Gott! Das ist mir mal eine Einleitung! Was werde ich da wohl noch zu hören bekommen?«

»Sie werden zu hören bekommen, Nasstenka – mir scheint, ich werde niemals müde werden, Sie Nasstenka zu nennen –, Sie werden hören, daß in diesen Winkeln seltsame Menschen leben – Wesen, die man Träumer nennt. Ein Träumer ist – wenn man es genauer erklären soll – kein Mensch, sondern, wissen Sie, eher so ein gewisses Geschöpf sächlichen Geschlechts. Gewöhnlich lebt der Betreffende irgendwo in einem von aller Welt abgeschlossenen Winkel, als wolle er sich sogar vor dem Tageslicht verbergen, und wenn er sich einmal in seine Behausung zurückgezogen hat, dann wächst er mit ihr zusammen, ungefähr wie eine Schnecke mit ihrem Haus, oder er gleicht wenigstens in der Beziehung jenem merkwürdigen Tier, das beides zugleich, nämlich sowohl Tier als auch das Haus des Tieres ist und das wir Schildkröte zu nennen pflegen. Was meinen Sie aber, weshalb liebt er so seine vier Wände, die unfehlbar hellgrün angestrichen, öde, trübselig und in einem nahezu unstatthaften Maß verräuchert sind? Weshalb ist dieser komische Mensch, wenn ihn jemand von seinen wenigen Bekannten besucht – übrigens endet es immer damit, daß auch diese wenigen ihn bald vergessen –, weshalb ist er dann immer so betreten und verwirrt? Weshalb hat er ein Gesicht, als habe er in seinem einsamen Winkel geradezu ein Verbrechen begangen, als habe er Papiere gefälscht oder Gedichte fabriziert, um sie an eine Zeitschrift zu senden, natürlich mit einem Begleitbrief, in dem er mitteilt, daß der Verfasser gestorben sei und daß er es als dessen Freund für seine heilige Pflicht halte, des Verstorbenen Werke zu veröffentlichen? Weshalb, sagen Sie mir das, Nasstenka, weshalb will das Gespräch zwischen den beiden nie so recht vorwärts kommen, und weshalb fällt von den Lippen des plötzlich hereingeschneiten Freundes, der doch sonst stets zu Scherz und Lachen und Gesprächen über das schöne Geschlecht oder über andere angenehme Themata aufgelegt ist, kein einziges Scherzwort? Weshalb fühlt sich dieser neue Freund bei seinem ersten Besuch – denn ein zweiter pflegt in diesem Fall nicht zu folgen –, weshalb fühlt auch er sich befangen und weshalb wird er trotz seiner Fähigkeiten, geistreich zu sein –

das heißt, vorausgesetzt, daß er sie wirklich besitzt –, immer einsilbiger beim Anblick der verzweifelten Miene des andern, der sich übermenschlich, doch leider vergeblich anstrengt, das Gespräch zu beleben und zu zeigen, daß auch er eine Unterhaltung zu führen imstande sei und über das schöne Geschlecht zu plaudern? um so wenigstens durch seine Bereitwilligkeit zu allem und jedem die Enttäuschung des Gastes zu mildern, der nun einmal das Pech hat, dorthin geraten zu sein, wohin er nicht gehört! Weshalb greift schließlich der Gast nach seinem Hut und empfiehlt sich schnell mit der Entschuldigung, daß ihm plötzlich etwas überaus Wichtiges eingefallen sei, das nicht den geringsten Aufschub dulde? und weshalb befreit er seine Hand so schnell aus der heißen des anderen, der mit tiefster Reue im Herzen noch gutzumachen sucht, was sich nicht mehr gutmachen läßt? Weshalb lacht dann der fortgehende Freund, sobald die Tür sich hinter ihm geschlossen hat, und weshalb schwört er sich, nie wieder diesen Sonderling aufzusuchen, obschon der im Grunde gar kein so übler Bursche ist? und weshalb kann er seiner Phantasie nicht das kleine Vergnügen versagen: den Gesichtsausdruck des Sonderlings während der Zeit seines Besuches wenigstens entfernt mit demjenigen eines Kätzchens zu vergleichen, das, von unartigen Kindern unter heimtückischen Lockungen eingefangen, tüchtig gepeinigt worden und das endlich unter den Stuhl in einen dunkeln Winkel geflüchtet ist, um sich dort einmal das Fell durchzulecken, sein mißhandeltes Schwänzchen mit beiden Vorderpfoten zu waschen und zu putzen und dann noch lange feindselig auf die Natur der Dinge und das Leben überhaupt und ebenso auch auf den Brocken zu blicken, den ihm eine mitleidige Küchenseele von den Leckerbissen der herrschaftlichen Tafel zuwirft?«

»Hören Sie«, unterbrach mich Nasstenka, die die ganze Zeit verwundert mit großen Augen und halboffenem Mündchen zugehört hatte, »hören Sie: ich begreife ganz und gar nicht, was das alles soll und weshalb Sie gerade mich so sonderbare Dinge fragen? Alles, was ich verstehe, ist nur, daß Sie diese Geschichte zweifellos selbst erlebt haben.«

»Ganz zweifellos«, versetzte ich mit ernster Miene.

»Nun, wenn es wahr ist, dann fahren Sie fort«, sagte Nasstenka, »denn jetzt möchte ich sehr gern wissen, wie das endet.«

»Sie wollen wissen, Nasstenka, was er in seinem Winkel denn eigentlich tat, unser Held, oder richtiger, ich, denn der Held des Ganzen bin doch ich, ich selbst mit meiner eigenen bescheidenen Person. Sie wollen wissen, weshalb ich mich durch den unerwarteten Besuch des Bekannten so aus dem Gleichgewicht gebracht fühlte und wie ein ertappter Sünder errötete, als die Tür sich auftat, und weshalb ich den Gast nicht zu empfangen verstand und eine so unglückliche Rolle als Hausherr spielte?«

»Nun ja, selbstverständlich möchte ich das! Aber hören Sie: Sie erzählen ja sehr schön, doch ließe sich das alles nicht irgendwie weniger ‚schön' erzählen? Denn sonst reden Sie ja, als hätten Sie ein Buch vor sich, aus dem Sie ablesen!«

»Nasstenka!« versetzte ich mit wichtiger und strenger Stimme, während ich mir nur mit Mühe das Lachen verbiß, »liebe Nasstenka, ich weiß, daß ich schön erzähle, aber verzeihen Sie, anders verstehe ich nun einmal nicht zu erzählen. Jetzt, liebe Nasstenka, jetzt gleiche ich dem Geist des Königs Salomo, der tausend Jahre in einer Truhe unter sieben Siegeln gefangen war und von allen sieben Siegeln befreit worden ist. Jetzt, liebe Nasstenka, wo wir uns nach so langer Trennung wiedergefunden haben – denn ich kenne Sie ja schon lange, lange, Nasstenka, weil ich nämlich schon lange jemand suche ... worin zugleich der Beweis dafür liegt, daß ich gerade Sie gesucht habe und daß es uns vom Schicksal vorbestimmt gewesen ist, gerade hier zusammenzutreffen – jetzt haben sich tausend Klappen in meinem Kopf geöffnet, und ich muß mein Herz in einen Strom von Worten ausgießen – oder ich ersticke an ihnen. Deshalb bitte ich Sie, mich nicht zu unterbrechen, Nasstenka, und geduldig und ergeben zuzuhören: wenn nicht – dann verstumme ich...«

»Neinneinnein! Das sollen Sie nicht! Erzählen Sie! Ich werde kein Wort mehr sagen!«

»Ich fahre also fort: Es gibt, mein Freund Nasstenka, es gibt für mich an jedem Tage eine Stunde, die ich ungemein liebe. Das ist die Stunde, in der die Geschäfte, Büros und Kanzleien schließen und die Menschen alle nach Hause eilen, um zu speisen,[1] sich hinzulegen und etwas auszuruhen, und in der die Menschen unterwegs Pläne schmieden für den Abend, die Nacht und die ganze übrige freie Zeit, die ihnen noch verblieben ist. In dieser Stunde pflegt auch unser Held – Sie müssen mir schon erlauben, Nasstenka, von mir in der dritten Person zu erzählen, denn in der ersten würde das alles viel zu unbescheiden klingen – also, in dieser Stunde pflegt auch unser Held, der gleichfalls seine regelmäßige Tagesarbeit hat, mit den anderen Menschen den gleichen Weg zu gehen. Ein seltsames Gefühl des Vergnügens spricht aus seinem blassen, gleichsam zerknitterten Gesicht. Nicht teilnahmslos sieht er auf die Abendröte, die am kalten Petersburger Himmel langsam erlischt. Nein, ich lüge, wenn ich sage, daß er sie sieht: er sieht überhaupt nicht, sondern er schaut, und er schaut gleichsam unbewußt, als wäre er müde oder als wären seine Gedanken gleichzeitig mit irgendeinem anderen, interessanteren Gegenstand beschäftigt, so daß er schon sehr bald für seine Umgebung kaum noch einen flüchtigen Blick hat, und auch diesen nur bei irgendeinem Zufall, der ihn ablenkt. Er ist zufrieden, denn er hat bis morgen die für ihn lästige *Arbeit* getan, er ist froh wie ein Schüler, der von der Schulbank kommt und sich nun wieder seinen Lieblingsspielen und Streichen widmen kann. Wenn Sie ihn von der Seite beobachten, Nasstenka, werden Sie sogleich bemerken, daß das frohe Gefühl auf seine angegriffenen Nerven und auf seine krankhaft überreizte Phantasie bereits günstig eingewirkt hat. Seine Gedanken hüllen ihn gleichsam ein. Sie glauben, er denke an sein Essen? An den Abend, der ihm bevorsteht? Was ist es wohl, was er so scharf ins Auge faßt? Ist es etwa jener Herr, der so höflich und doch so pittoresk die Dame grüßt, die in prächtiger Kalesche an ihm vorüberfährt? Nein, Nasstenka, was gehen ihn alle diese kleinlichen Nebensachen an! Er ist jetzt reich in seinem eigenen, seinem ureigensten, besonderen Leben: ganz plötzlich ist er reich geworden. Der letzte Strahl der erlöschenden Sonne hat nicht vergeblich lebenswarm vor ihm geglüht und in seinem erwärmten Herzen eine Fülle von Eindrücken wachgerufen. Jetzt bemerkt er kaum mehr den Weg, auf dem ihm noch kurz vorher jede geringste Kleinigkeit auffallen konnte. Die Göttin Phantasie hat bereits ihr goldenes Netz um ihn gewebt und füllt es nun aus mit den bunten Mustern eines unerhörten und wunderlichen Lebens: und vielleicht – wer kann es wissen? – vielleicht hat sie ihn von dem Bürgersteig aus massivem Granit, auf dem er nach Hause geht, mit launischer Hand bereits in den siebenten weltfernsten Himmel entführt? Wenn Sie jetzt versuchen wollten, ihn plötzlich anzureden und ihn zu fragen, wo er sich im Augenblick befinde, durch welche Straßen er gegangen – dann würde er ganz entschieden weder das eine noch das andere anzugeben vermögen und wahrscheinlich vor Ärger errötend irgend etwas, das ihm gerade einfällt, verlegen antworten. Deshalb fährt er auch plötzlich so zusammen und blickt sich erschrokken um – nur weil eine alte Frau ihn mitten auf dem Bürgersteig anhält und ihn nach einer Straße fragt, die sie nicht zu finden weiß. Mit ärgerlich gerunzelter Stirn schreitet er weiter, ohne es zu bemerken, daß von den Vorübergehenden mehr als einer bei seinem Anblick lächelt und mancher ihm sogar nachschaut, und daß ein kleines Mädchen, das ihm ängstlich ausweicht, plötzlich nach Kinderart laut auflacht, da ihren verwundert aufgerissenen Augen sein breites, kontemplatives Lächeln und die halben Gesten seiner Hände so komisch erscheinen. Doch schon hat dieselbe Phantasie in ihrem spielenden Flug die alte Dame und die neugierig

Vorübergehenden und das lachende kleine Mädchen und die Bauernkerle, die auf ihren Booten Abendrast halten, unten auf der Fontanka (nehmen wir an, daß unser Held sich in dem Augenblick auf dem Kanalkai befindet), schon hat sie alles mutwillig in ihr Netz eingewebt, wie die Spinne die Fliegen, und mit der neuen Beute betritt der Sonderling seine Behausung, setzt sich an den Tisch und ißt und beendet die Mahlzeit und kommt nicht früher zu sich, als bis seine ewig trübselige, wortkarge Matrjona, die ihn bedient, nachdem sie alles vom Tisch abgeräumt, ihm seine Pfeife reicht: da erst, wie gesagt, kommt er zu sich und gewahrt mit Verwunderung, daß er bereits gegessen hat, ohne daß es ihm zu Bewußtsein gekommen ist. Es dunkelt im Zimmer; in seiner Seele ist es leer und traurig. Ein ganzes Reich von Träumen ist rings um ihn eingestürzt – geräuschlos, lautlos, spurlos wie eben nur ein Traum vergehen kann, er wüßte nicht einmal mehr zu sagen, wovon er geträumt hat. Aber ein dunkles Empfinden, das in seiner Brust sich zu regen beginnt, erweckt allmählich einen neuen Wunsch; es kitzelt und umschmeichelt verführerisch seine Einbildungskraft und ruft unmerklich wieder eine ganze Schar neuer Phantome heran. Stille herrscht in seinem kleinen Zimmer: Einsamkeit und Faulheit liebkosen die Phantasie; sie glüht leise auf, eine leise Bewegung hebt in ihr an, wie ein leises Wallen, ähnlich dem Wasser in der Kaffeemaschine der alten Matrjona, die nebenan in der Küche ruhig wirtschaftet und sich ihren Köchinnenkaffee braut: wie lange noch und es beginnt zu brodeln ... Da fällt auch schon das Buch, das unser Träumer zwecklos und unbesehen aus der Reihe herausgegriffen hat, aus seiner Hand, noch bevor er bis zur dritten Seite gelesen. Die Einbildungskraft ist wieder erwacht: plötzlich ist eine neue Welt, ein neues bezauberndes Leben um ihn herum entstanden. Ein neuer Traum – neues Glück! frisches, verfeinertes, süßes Gift! Oh, was liegt ihm an unserem wirklichen Leben! Nach seiner allerdings sehr einseitigen Auffassung leben wir anderen, Nasstenka, ein Leben, das langsam ist, träge und schlaff. In seinen Augen sind wir alle so unzufrieden mit unserem Schicksal und quälen uns so sehr mit unserem Dasein! Und es ist ja auch wahr, sehen Sie nur, wie auf den ersten Blick alles zwischen uns aussieht, wie kalt, düster, unfreundlich, als wäre alles böse, feindselig ... Die Armen! denkt mein Träumer. Und es ist kein Wunder, daß er so denkt! Sie sehen nicht diese Zauberbilder, die so berückend, so verschwenderisch, so uferlos breit aus dem Nichts vor ihm erstehen, Bilder, auf deren Vordergrund die erste Person, versteht sich, er selbst ist, er, unser Träumer mit seinem teuren Ich. Sie sehen nicht, was für Abenteuer, was für eine unabsehbare Reihe von Geschehnissen er erlebt! Sie fragen: Wovon er denn träumt? Wozu diese Fragen? – doch einfach von allem, von allem ... vom Schicksal eines Dichters, der anfangs nicht anerkannt wird, dann aber überall Begeisterung erweckt; von seiner Freundschaft mit E. Th. A. Hoffmann, von der Bartholomäusnacht, von Diana Vernon, einer heroischen Rolle bei der Einnahme der Stadt Kasan durch den Zaren Iwan Wassiljewitsch, von Clara Mowbray, Effie Deans, von Johannes Huß vor dem Konzil der Prälaten, von der Auferstehung der Toten in „Robert der Teufel“ (Kennen Sie die Musik? Sie riecht förmlich nach Friedhof) von Minna und Brenda, von der Schlacht an der Beresiná, vom Vortrag eines Poems bei der Gräfin W. D., von Danton, Kleopatra e i suoi amanti, einem Häuschen in Kolomna,[2] vom eigenen Winkel in Petersburg, in dem neben ihm ein liebes Wesen sitzt, das mit offenem Mündchen und großen Augen an einem Winterabend ihm zuhört – genauso, wie Sie mir jetzt zuhören, mein kleines Engelchen ... Nein, Nasstenka, was ist ihm, dem leidenschaftlichen Nichtstuer, was ist ihm jenes irdische Leben, in dem wir beide, Nasstenka, so gern einmal leben möchten? Er hält es für ein armes, ein armseliges Leben, das Mitleid verdient; er ahnt nicht, daß auch für ihn vielleicht einmal die Stunde schlagen wird, wo er für einen Tag dieses wirklichen Lebens gerne alle seine phantastischen Jahre hingeben würde, und nicht für einen frohen

Tag, nicht für einen Tag des Glücks hingeben, nein, er wird nicht einmal wählen dürfen in dieser Stunde der Trauer und Reue und des unabwendbaren Wehs. Doch vorläufig ist diese furchtbare Zeit noch nicht angebrochen – er wünscht nichts, weil er über allen Wünschen steht, weil er ja alles hat, weil er schon übersättigt und selbst der Künstler seines Lebens ist, das er sich zu jeder Zeit nach eigenem Wunsch gestalten kann. Und so leicht, so natürlich ersteht diese phantastische Märchenwelt! als wären das alles gar nicht bloße Hirngespinste! Wirklich, man ist oft zu glauben versucht, daß dieses ganze Leben nicht eine Schöpfung des Gefühls, nicht eine wesenlose Luftspiegelung und trügerische Einbildung, sondern wahrhaftig Wirklichkeit, etwas wirklich Seiendes, ein greifbar Vorhandenes sei! Weshalb, sagen Sie mir das, Nasstenka, weshalb hält man in solchen Augenblicken des unwirklichen Erlebens oft den Atem an? Weshalb, oder woher kommt es, daß, wie durch eine unerforschliche Zaubermacht, der Puls schneller schlägt, daß Tränen den Augen entströmen, daß die bleichen Wangen des Träumers zu glühen anfangen und sein ganzes Sein von überwältigender Lust erfüllt wird? Weshalb vergehen ganze Nächte, die er in unerschöpflicher Freude und beseligendem Glück schlaflos verbringt, wie ein einziger kurzer Augenblick? Und wenn die Morgenröte rosig durch die Fensterscheiben schimmert und die erste Dämmerung mit ihrem ungewissen phantastischen Licht in das trübselige Zimmer schleicht, unser Träumer sich ermüdet und erschöpft auf das Bett wirft, und einschlummert – weshalb hat er dann ein Gefühl, als vergehe er vor Entzücken mit seinem ganzen krankhaft erschütterten Geist, und das mit einem so peinvoll süßen Schmerz im Herzen? Ja, Nasstenka, so täuscht man sich und glaubt als Fremder unwillkürlich, daß eine wirkliche, eine körperliche Leidenschaft unsere Seele errege! Unwillkürlich glaubt man, daß in unseren körperlosen Träumen etwas Lebendiges, Greifbares sei! Und was ist das doch für ein Betrug! Da ist zum Beispiel die Liebe mit ihrer ganzen unerschöpflichen Freude und ihrer nimmermüden Pein in des Träumers Brust erwacht ... Ein Blick auf ihn genügt, um einen jeden von der Echtheit seines Gefühls zu überzeugen. Werden Sie es da glauben, liebe Nasstenka, wenn Sie ihn so sehen, daß er diejenige, die er in seinen verzückten Träumen so rasend liebt, in Wirklichkeit niemals gekannt hat? Aber hat er sie denn nun auch *wirklich* nur, *nur* in berückenden Phantasiebildern gesehen? Und hat er diese Leidenschaft wirklich *nur* – geträumt? Sind sie denn wirklich nicht durch Jahre ihres Lebens Hand in Hand gegangen – zu zweit, ohne sich um die Welt zu kümmern, das eigene Leben mit dem des anderen vereint? War sie denn wirklich nicht zu später Stunde, als er Abschied von ihr nahm, weinend an seine Brust gesunken, ohne auf den Sturm zu achten, der unter dem rauhen Himmel tobte, ohne den Wind zu spüren, der die Tränen an ihren schwarzen Wimpern trocknete? War das denn wirklich alles nur ein Traum im Wachen gewesen – auch der verwilderte einsame Garten mit den moosig vergrasten Wegen, auf denen sie so oft zu zweit wandelten und Hoffnungen aufbauten und sich sehnten und einander liebten, einander so liebten, „so bang und süß", wie es im alten Lied heißt? Und dieses alte, verwitterte Herrenhaus, in dem sie so lange einsam und traurig leben mußte, mit dem alten finsteren Mann, der, ewig schweigsam und verdrossen, die Liebenden wie ein Schreckgespenst ängstete, sie, die ohnehin schon wie scheue Kinder ihre Liebe voreinander verbargen? Wie quälten sie sich, wie fürchteten sie sich, wie schuldlos und rein war ihre Liebe und wie – das versteht sich von selbst, Nasstenka – wie böse waren die Menschen! Und, mein Gott, hat er sie denn später wirklich nicht, fern von der Heimat, unter einem fremden südlichen Himmel, in einem Palazzo (unbedingt in einem Palazzo!) in einer wundervollen ewigen Stadt bei rauschender Musik im Ballsaal wiedergesehen? Sind sie dann nicht auf den Balkon hinausgetreten, auf den von Myrthen und Rosen umrankten, und hat sie dort nicht ihre Maske abgenommen und ihm zugeflüstert: ‚Ich bin frei!' – und hat er sie da nicht in seine Arme geschlossen, wie toll vor Entzücken, und haben sie sich nicht wirklich aneinander geschmiegt und im Augenblick alles Leid vergessen und die Trennung und alle Qualen und das düstere Haus und den alten Grafen, den verwilderten Garten in der fernen Heimat und die Bank, auf der sie ihm den letzten leidenschaftlichen Kuß gegeben, um sich dann aus seinen Armen zu reißen ... Oh, Sie werden doch zugeben, Nasstenka, daß es da nur natürlich ist, wenn man zusammenfährt und wie ein ertappter Schüler verwirrt errötet, als hätte man soeben einen aus dem Nachbargarten gestohlenen Apfel in die Tasche gesteckt, wenn plötzlich die Zimmertür aufgestoßen wird und irgendein langer, gesunder Bursche, so ein guter, immer fröhlicher Junge, über die Schwelle tritt und mit lachendem Gruß ausruft, als wäre nichts geschehen: ‚Freund, ich komme soeben aus Pawlowsk!' Mein Gott! Der alte Graf war gestorben, und sie war frei! Unfaßbares Glück brach für uns an, – und da kommt zu uns so einer aus Páwlowsk!«

Ich hielt inne, da meine leidenschaftliche Rede zu Ende war. Ich weiß noch, daß ich schreckliche Lust hatte, laut, schallend aufzulachen, gleichsam irgend etwas aus mir herauszulachen, denn ich fühlte, daß in der Tat so ein feindliches Teufelchen sich bereits in mir zu regen begann und mir schon im Halse saß, und daß es mir im Kinn und in den Augenlidern zuckte ...

Natürlich erwartete ich nichts anderes als daß Nasstenka, die mich mit ihren klugen Augen groß ansah, nun in unbändig lustiges Kinderlachen ausbrechen würde, und ich bereute schon, daß ich so weit gegangen war und etwas erzählt hatte, das ich lange mit mir herumgetragen und deshalb wie aus einem Buch ablesend erzählen konnte. Ich hatte mich seit Jahr und Tag still darauf vorbereitet, einmal vor mich selbst wie vor einen Richter zu treten und über mich ein Urteil zu fällen: da hatte ich mich nun wirklich einmal nicht zu bezwingen vermocht und dieses Urteil gesprochen, jedoch, offen gestanden, ohne zu erwarten, daß ich Verständnis finden würde. Aber zu meiner Verwunderung schwieg sie eine Weile, dann drückte sie mir leise die Hand und fragte mit einer seltsam zartfühlenden Teilnahme:

»Haben Sie wirklich ihr ganzes Leben so verbracht?«

»Mein ganzes Leben, Nasstenka«, antwortete ich, »solange ich auf der Welt bin, und ich glaube, so werde ich es auch beenden.«

»Nein, das geht nicht, das darf nicht geschehen!« protestierte sie, sichtlich beunruhigt, »und das geschieht auch nicht! Dann wäre es ja ebensogut möglich, daß auch ich mein ganzes Leben bei meiner Großmutter verbringen muß! Hören Sie, wissen Sie auch, daß es gar nicht gut ist, so zu leben?«

»Ich weiß es, Nasstenka, gewiß weiß ich es!« rief ich, ohne meine Gefühle noch länger zu unterdrücken. »Und jetzt weiß ich auch besser als je zuvor, daß ich alle meine besten Jahre verloren habe! Ich weiß es, und diese Erkenntnis schmerzt mich mehr als je, denn Gott selbst hat Sie, mein guter Engel, mir geschickt, um mir das zu sagen und zu beweisen. Jetzt, wo ich neben Ihnen sitze und mit Ihnen rede, mutet es mich schon wunderbar an, an meine Zukunft zu denken. Denn in dem Leben, das noch vor mir liegt, sehe ich wieder nur Einsamkeit, wieder nur dieses muffige, modernde, nutzlose Dasein. Und was werde ich dann noch träumen können, das schöner ist als das Leben, nachdem ich doch in der Wirklichkeit hier neben Ihnen so glücklich gewesen bin! Oh, seien Sie dafür gesegnet, Sie liebes Mädchen, daß Sie mich nicht gleich nach dem ersten Wort zurückgestoßen haben und ich jetzt doch schon sagen kann, daß ich wenigstens zwei Abende in meinem Leben gelebt habe!«

»Ach, nein, nein!« rief Nasstenka, und Tränen glänzten in ihren Augen. »Nein, so soll es nicht kommen! Wir werden nicht so auseinandergehen! Was sind zwei Abende!«

»Ach, Nasstenka! Wissen Sie denn überhaupt, daß Sie

mich für lange Zeit mit mir selbst versöhnt haben? Wissen Sie, daß ich jetzt nicht mehr so Schlechtes denken werde wie in manchen früheren Stunden? Wissen Sie, daß ich mich vielleicht nicht mehr darüber grämen werde, Verbrechen und Sünde in meinem Leben begangen zu haben, denn ein solches Leben ist Verbrechen und Sünde! Und denken Sie nicht, daß ich irgendwie übertrieben habe, um Gottes willen glauben Sie das nicht, Nasstenka! Es kommen Augenblicke, in denen ich solch eine Seelenangst empfinde, solch einen Gram ... In diesen Augenblicken will es mir scheinen – und ich fange schon an, daran zu glauben –, daß ich niemals mehr fähig sein werde, ein wirkliches Leben zu beginnen. Denn ich habe schon oft die Empfindung gehabt, als hätte ich jedes Gefühl verloren und jede Aufnahmefähigkeit der Sinne in allem, was Wirklichkeit, was wirkliches Leben ist! weil ich mich schließlich selbst verflucht habe! weil meinen phantastischen Nächten auch schon Augenblicke der Ernüchterung folgen, die so furchtbar sind! Und währenddessen hört man, wie rings um einen die Menschenmassen lärmend im Lebensstrudel sich drehen, man hört und sieht, wie Menschen leben – wirklich leben, in der Wirklichkeit und im Wachen leben; man sieht, daß ihr Leben nicht nach ihrer Willkür entsteht, daß ihr Leben nicht wie ein Traum zerflattert, daß ihr Leben sich ewig erneut und ewig jung ist und keine Stunde der anderen gleicht, während die schreckhafte Phantasie, diese unsere Einbildungskraft, so trostlos und verzagt und bis zur Gemeinheit einförmig ist, eine Sklavin des Schattens, der bloßen Idee, eine Sklavin der ersten besten Wolke, die plötzlich die Sonne verdeckt und in wehem Leid das Herz zusammenpreßt, das echte Petersburger Herz, dem seine Sonne so teuer ist! Und erst im Leiden, was für eine Einbildung! Man fühlt, daß sie endlich doch müde wird und sich in der ewigen Anpassung erschöpft, diese scheinbar *unerschöpfliche* Phantasie, denn man wird reifer und männlicher und wächst über seine früheren Ideale hinaus: sie stürzen ein und es bleibt nur Staub und Schutt von ihnen übrig. Und wenn es dann kein anderes Leben gibt, muß man aus demselben Schutt die Bruchstücke zusammenlesen und aus ihnen sich das neue Leben aufbauen. Und dabei verlangt und sehnt sich die Seele doch nach etwas ganz Anderem! Und vergeblich wühlt der Träumer wie in einem Aschenhaufen in seinen alten Träumen und sucht in der Asche nach einem, wenn auch noch so kleinen Fünkchen, um es anzublasen und mit dem von neuem angefachten Feuer das kaltgewordene Herz zu erwärmen und alles in ihm wieder zu erwecken, was ihm einst so lieb war, was die Seele rührte und das Blut in Wallung brachte, was den Augen Tränen entströmen ließ und eine so herrliche Täuschung war! Wissen Sie auch, Nasstenka, wie weit ich damit schon gekommen bin? Wissen Sie, daß ich bereits das Jubiläum meiner Empfindungen zu feiern gezwungen bin, Gedenktage dessen, was früher so schön war und dabei in Wirklichkeit doch nie gewesen ist – denn diese Jahres- und Gedenktage gelten alle denselben wesenlosen törichten Träumereien – und daß ich das tun muß, weil selbst diesen törichten Träumen nicht mehr neue folgen, die sie verdrängen würden: denn auch Träume müssen verdrängt werden! Von selbst hören sie nicht auf und so überleben sie sich nur. Wissen Sie, ich suche jetzt mit Vorliebe zu bestimmten Stunden jene Stellen auf, an denen ich einmal glücklich gewesen bin, in meiner Art glücklich, und dort versuche ich dann, das Gegenwärtige in der Phantasie nach dem unwiederbringlich Vergangenen zu gestalten oder das Vergangene mir zu vergegenwärtigen: und so irre ich oft wie ein Schatten ziellos und zwecklos in den Petersburger Winkelgassen umher. Und was für Erinnerungen das dann sind! Da erinnere ich mich zum Beispiel, daß ich hier genau vor einem Jahr gerade in derselben Stunde auf demselben Trottoir gegangen bin, ebenso einsam und mutlos traurig umherirrend, wie jetzt! Und man erinnert sich, daß auch die Gedanken damals ebenso traurig waren, und wenn es früher auch nicht besser war, so ist es einem doch, als sei es irgendwie besser gewesen, als habe man ruhiger gelebt, und man meint, daß es nicht dieses dunkle Grübeln gegeben habe, das einen jetzt verfolgt ... daß ich nicht die Gewissensbisse gekannt, die so peinvoll und unermüdlich quälen und mir weder am Tag noch in der Nacht Ruhe und Frieden gönnen! Und man fragt sich: Wo sind denn deine Träume geblieben? Und schüttelt den Kopf und murmelt: Wie schnell die Jahre vergehen! Und wieder fragt man sich: Was hast du mit deinen Jahren angefangen? Wo hast du deine beste Zeit begraben? Hast du überhaupt gelebt? oder nicht? Sieh, sagt man zu sich selbst, sieh, wie kalt es in der Welt wird. Es werden noch einige Jahre vergehen und dann kommt die grämliche Einsamkeit, kommt mit der Krücke das zittrige Alter und bringt dir Kummer und Leid. Verbleichen wird deine phantastische Welt, verwelken und sterben werden deine Träume und wie das gelbe Laub von den Bäumen, so werden sie von dir abfallen ... O Nasstenka! Wie wird es dann so öde sein, allein zu bleiben, ganz allein, und nicht einmal etwas zu haben, worum man trauern könnte – nichts, gar nichts ... Denn alles, was man verloren hat, alles das war doch nichts, war eine Null, eine reine Null, war ja nichts als ein Träumen!«

»Nun aber hören Sie auf, rühren Sie mich nicht noch mehr!« rief Nasstenka und wischte das dumme Tränchen fort, das ihr über die Wange rollte. »Jetzt hat das ein Ende! Wir werden nun nicht mehr allein sein, denn was mit mir auch geschehen sollte, wir werden doch immer Freunde bleiben. Hören Sie: Ich bin ein einfaches Mädchen, ich habe wenig gelernt, obschon die Großmutter mir von einem Lehrer Unterricht erteilen ließ; aber glauben Sie mir, ich verstehe Sie sehr gut, denn alles, was Sie mir da erzählt haben, habe ich selbst erlebt, wenn ich neben Großmutter angesteckt saß. Natürlich hätte ich das nicht so gut zu erzählen verstanden wie Sie. Ich habe das nicht gelernt«, fügte sie etwas kleinlaut hinzu, da meine pathetische Rede ihr offenbar einen gewissen Respekt eingeflößt hatte, »aber ich bin sehr froh, daß Sie mir alles mitgeteilt haben. Jetzt kenne ich Sie durch und durch. Und wissen Sie was? Ich will Ihnen nun auch meine Geschichte erzählen, alles, bis aufs Letzte. Sie aber müssen mir dann einen Rat geben. Sie sind ein sehr kluger Mann, ich weiß es, aber werden Sie mir nun versprechen, daß Sie mir nachher auch wirklich Ihren Rat geben?«

»Ach, Nasstenka«, anwortete ich, »ich bin zwar noch nie ein Ratgeber gewesen, und nun gar ein kluger, wie Sie es von mir verlangen, aber ich sehe jetzt, daß es, wenn wir immer so leben würden, sogar sehr klug wäre und daß der eine dem anderen unzählige kluge Ratschläge erteilen könnte. Nun also, meine reizende Nasstenka, was für einen Rat brauchen Sie? Sagen Sie es mir ohne Umschweife. Ich bin jetzt so heiter, so glücklich, so mutvoll, daß ich wahrscheinlich nicht auf den Mund gefallen sein werde, wie man zu sagen pflegt.«

»Nein, nein!« fiel mir Nasstenka schnell ins Wort. »Ich brauche keinen klugen Rat, sondern einen von Herzen kommenden, einen aufrichtig brüderlichen, einen, der so ist, wissen Sie, als hätten Sie mich schon ein Leben lang lieb!«

»Gut, Nasstenka, abgemacht!« rief ich. »Aber wenn ich Sie auch schon ganze zwanzig Jahre geliebt hätte, ich könnte Sie deshalb doch nicht inniger lieben, als ich es jetzt tue!«

»Geben Sie mir Ihre Hand!« sagte Nasstenka.

»Hier haben Sie sie!«

»Also schön, dann lassen Sie uns jetzt mit meiner Geschichte beginnen.«

Nasstenkas Geschichte

»Die eine Hälfte meiner Geschichte kennen Sie bereits, das heißt: Sie wissen, daß ich eine alte Großmutter habe ...«

»Wenn die zweite Hälfte nicht länger ist als diese ...« wandte ich lachend ein.

»Schweigen Sie und hören Sie mir zu. Aber zuerst eine Bedingung: Sie dürfen mich nicht unterbrechen, sonst machen Sie mich schließlich noch verwirrt. Also, hören Sie jetzt artig zu!

Ich habe eine alte Großmutter. Zu der kam ich schon als ganz kleines Mädchen, denn meine Eltern starben früh.

Ich nehme an, daß Großmutter einmal reicher war, denn sie spricht immer von den früheren besseren Tagen. Sie selbst hat mich denn auch Französisch gelehrt. Später nahm sie einen Lehrer. Als ich fünfzehn Jahre alt war – jetzt bin ich siebzehn – hörte der Unterricht auf. Damals war es also, daß ich ihr meinen Streich spielte. Was ich nun eigentlich verbrach, das werde ich Ihnen nicht sagen; genug, daß es durchaus kein schlimmer Streich war. Immerhin hatte er zur Folge, daß Großmutter mich eines Morgens zu sich rief und sagte, sie könne mich, da sie blind sei, nicht beaufsichtigen; damit nahm sie dann eine Stecknadel und steckte mein Kleid an das ihrige und erklärte mir, daß wir so unser Leben verbringen würden, wenn ich mich nicht besserte. In der ersten Zeit war mir jede Möglichkeit genommen, mich freizumachen: was ich auch tat, arbeiten und lesen und lernen – alles mußte ich an Großmutters Seite tun. Einmal versuchte ich es mit einer List und beredete Fjokla, sich auf meinen Platz zu setzen. Fjokla ist unsere Magd, und die ist taub. Sie setzte sich also auf meinen Platz, als Großmutter in ihrem Stuhl eingeschlummert war, und ich lief schnell in die Nachbarschaft zu einer Freundin. Das ging aber schlecht aus. Großmutter wachte auf, bevor ich zurück war, und fragte irgend etwas, natürlich im Glauben, daß ich neben ihr säße, denn sie ist ja blind. Fjolka aber, die Großmutter wohl sprechen sah, verstand sie nicht, da sie doch nichts hört; also denkt und denkt sie, was sie wohl tun soll, steckt dann schnell die Stecknadel ab und kommt mir nachgelaufen ...«

Nasstenka begann zu lachen. Natürlich lachte ich auch. Doch wurde sie gleich wieder ernst.

»Hören Sie, nein, lachen Sie nicht über Großmutter. Ich lache nur deshalb, weil es so komisch war ... Was soll man denn machen, wenn Großmutter doch wirklich so ist! Trotz allem aber habe ich sie lieb. Nun ja, mich erwartete eine schöne Strafpredigt: ich mußte mich sofort wieder hinsetzen und wurde von neuem angesteckt und dann – o Gott! – nicht rühren durfte ich mich!

Nun also – ja, da habe ich noch zu sagen vergessen, daß wir, oder vielmehr, daß Großmutter ein kleines Haus besitzt. Es ist ein Holzhäuschen mit nur drei Fenstern in der Front, ein ganz kleines und ebenso alt wie Großmama. Oben aber ist noch ein Zimmer; und in dieses Zimmer zog ein neuer Mieter ein ...«

»Dann hatten Sie also auch früher schon einen Mieter?« fragte ich beiläufig.

»Nun, natürlich doch«, versetzte Nasstenka, »und der verstand besser zu schweigen als Sie. Allerdings konnte er kaum noch die Zunge bewegen. Das war nämlich ein altes Männlein, schwerhörig, hager, stumm, blind, lahm, so daß er selbst es schließlich nicht länger aushielt in der Welt und starb. Da ward das Zimmer frei, und wir mußten uns nach einem neuen Mieter umsehen, denn die Miete für das Zimmer und Großmutters Pension sind fast unser ganzes Einkommen. Der neue Mieter war aber ein junger Mensch und kein Petersburger. Da er von der Miete nichts abzuhandeln versuchte, nahm ihn Großmutter. Als er aber gegangen war, fragte sie mich: ‚Nasstenka, ist der Mieter jung oder alt?' Lügen wollte ich nicht und so sagte ich: ‚Ganz jung ist er gerade nicht, Großmama, aber er ist auch kein alter Mann.'

‚Und wie sieht er aus? Hat er ein angenehmes Äußeres?' fragte sie weiter.

Ich wollte wieder nicht lügen. ‚Ja, Großmutter', sagte ich, ‚er hat ein angenehmes Äußere.' Großmutter aber seufzte: ‚Ach, du meine Güte! Das wird dann wohl eine von Gott gesandte Prüfung sein! Ich sage dir das deshalb, mein Enkelkind, damit du ihn dir nicht zu oft ansiehst. Das ist mir jetzt mal eine Zeit! Solch ein armer Zimmermieter und dabei ein angenehmes Äußeres! Das war in der alten Zeit ganz anders!'

Großmutter spricht nämlich immer von der alten Zeit. Jünger war sie in der alten Zeit, und die Sonne schien wärmer in der alten Zeit, und die Sahne wurde nicht so schnell sauer in der alten Zeit – alles war in der alten Zeit besser!

Da saß ich denn und schwieg, dachte aber bei mir: Weshalb bringt mich denn Großmutter selbst darauf, indem sie fragt, ob er gut aussieht und jung ist? Aber das war nur so ein flüchtiger Gedanke, ich begann wieder die Maschen zu zählen und strickte weiter, und darüber vergaß ich dann alles.

Eines Morgens aber – tritt plötzlich der Mieter bei uns ein: er wolle sich erkundigen, wo die neue Tapete bliebe, die man ihm für das Zimmer versprochen habe. Ein Wort gab das andere. Großmutter ist doch geschwätzig, und da sagt sie denn zu mir: ‚Geh, Nasstenka, in mein Schlafzimmer und hole das Rechenbrett.' Ich sprang sogleich auf, das Blut schoß mir ins Gesicht, ich weiß nicht, weshalb – dabei aber vergaß ich ganz, daß ich angesteckt war; statt nun die Nadel heimlich abzustecken, damit der Mieter sie nicht sähe, riß ich so, daß Großmutters ganzer Sessel mitrutschte. Als ich aber sah, daß der Mieter jetzt alles begriff, wurde ich noch viel röter und blieb wie gelähmt stehen; und plötzlich brach ich in Tränen aus – so schämte ich mich und so bitter war es, daß ich in die Erde hätte versinken mögen! Großmutter aber ruft mir zu: ‚Was stehst du denn, geh doch!' Ich aber weinte nur noch mehr ... Da erriet der Mieter, daß ich mich vor ihm schämte, und verabschiedete sich und ging schnell fort!

Seit jenem Vormittag stand mir, sobald ich nur ein Geräusch im Flur hörte, gleich das Herz still. ‚Vielleicht ist es der Mieter, der zu uns kommt', dachte ich und steckte schnell auf alle Fälle die Nadel ab, heimlich, damit Großmutter es nicht merkte. Nur war es niemals er, – er kam nicht. So vergingen zwei Wochen. Da ließ er uns eines Tages durch Fjokla sagen, daß er viele Bücher habe, gute Bücher, und ob da nicht Großmutter sich von mir vorlesen lassen wolle, um eine kleine Zerstreuung zu haben? Großmutter nahm das Anerbieten mit Dank an, nur fragte sie mich immer wieder, ob es auch wirklich anständige Bücher wären. ‚Denn wenn sie unmoralisch sind', sagte sie, ‚dann darfst du sie unter keinen Umständen lesen, Nasstenka, du würdest nur Schlechtes aus ihnen lernen.'

‚Was würde ich denn lernen, Großmama?‘ fragte ich, ‚was steht denn in schlechten Büchern geschrieben?‘

‚Ja, mein Kind, da wird erzählt, wie junge Männer sittsame Mädchen verführen, wie sie sie unter dem Vorwand, sie heiraten zu wollen, aus dem Elternhause entführen und dann ihrem Schicksal überlassen, und wie die unglücklichen Mädchen zuletzt elend umkommen und zugrunde gehen. Ich‘, sagte Großmutter, ‚ich habe viele solcher Bücher gelesen und alles‘, sagte sie, ‚ist so herrlich geschildert, daß man die ganze Nacht heimlich in ihnen liest. Und deshalb, Nasstenka‘, sagte sie, ‚sieh zu, daß du solche Bücher nicht liest. Was für Bücher sind es denn, die er uns geschickt hat?‘

‚Es sind Romane von Walter Scott, Großmutter‘, sagte ich.

‚Ah, Romane von Walter Scott! Aber sieh vorsichtshalber nach, ob nicht irgendwelche Spitzbübereien darin stecken. Vielleicht hat er einen Liebesbrief oder ein Zettelchen hineingelegt.‘

‚Nein‘, sagte ich, ‚es ist kein Zettelchen drin, Großmutter.‘

‚Sieh mal ordentlich nach unter dem Einbandrücken; zuweilen stecken sie es dorthin, die Spitzbuben!‘

‚Nein, Großmutter‘, sagte ich, ‚auch unter dem Einbandrücken ist nichts.‘

‚Nun, Vorsicht kann nie schaden!‘ war ihre Antwort.

Und so fingen wir denn an, Walter Scott zu lesen, und in etwa einem Monat waren wir fast schon mit der Hälfte der Bücher fertig. Dann schickte er uns wieder neue Bücher, auch Puschkin war dabei, so daß ich ohne Bücher bald gar nicht mehr leben konnte und darüber ganz vergaß, wie früher zu sinnen, wie ich wohl einen chinesischen Prinzen heiraten könnte.

So standen die Dinge, als der Zufall es einmal fügte, daß ich unserem Mieter auf der Treppe begegnete. Ich mußte für Großmutter etwas holen. Er blieb stehen, ich errötete – und er errötete gleichfalls; aber da lachte er auch schon und begrüßte mich und erkundigte sich nach Großmutters Befinden.

Darauf fragte er, ob ich die Bücher schon gelesen hätte. Ich sagte: ‚Ja, ich habe sie gelesen.' – ‚Was hat Ihnen denn am besten gefallen?' fragte er weiter. Ich sagte: ‚Ivanhoe und Puschkin haben mir am besten gefallen.' Und damit war unser Gespräch für diesmal beendet.

Nach einer Woche begegnete ich ihm wieder auf der Treppe. Nur hatte mich an diesem Tage nicht Großmutter geschickt; ich hatte vielmehr selbst etwas nötig. Es war nach zwei Uhr; um diese Zeit kam unser Mieter nach Hause; das wußte ich. ‚Guten Tag!' sagte er. ‚Guten Tag!' erwiderte ich.

‚Ist es Ihnen nicht langweilig, den ganzen Tag bei der Großmutter zu sitzen?' fragte er.

Wie er das fragte, da – ich weiß nicht, weshalb – errötete ich wieder und ich schämte mich, und seine Worte kränkten mich – wohl deshalb, weil nun schon andere mich nach meiner Lebensweise bei Großmutter zu fragen begannen. Ich wollte fortgehen, ohne ihm zu antworten, aber ich hatte keine Kraft zum Gehen.

‚Sie sind ein gutes Mädchen', sagte er darauf. ‚Entschuldigen Sie, bitte, daß ich so zu Ihnen spreche, aber, ich versichere Ihnen, ich wünsche Ihnen vielleicht mehr Gutes als Ihre Großmutter es zu tun scheint. Haben Sie keine Freundinnen, die Sie besuchen könnten?'

Ich sagte, ich hätte jetzt keine, denn Máschenka, meine einzige Freundin, wäre nach Pskow gereist.

‚Wollen Sie nicht einmal mit mir ins Theater fahren?' fragte er mich darauf.

‚Ins Theater?' fragte ich, ‚aber was soll denn Großmutter –?'

‚Nun', meinte er, ‚Sie brauchen es ihr ja nicht zu sagen, – kommen Sie heimlich ...'

‚Nein', sagte ich, ‚ich will Großmutter nicht betrügen. Guten Tag!'

Er grüßte nur, sagte aber nichts. Am Nachmittag, wir hatten gerade erst gespeist, kam er plötzlich zu uns. Er setzte sich, unterhielt sich mit Großmutter, erkundigte sich, ob sie nicht zuweilen auch ausfahre, ob sie Bekannte habe – plötzlich aber sagte er: ‚Ich habe für heute eine Loge genommen, im Opernhaus; der „Barbier von Sevilla" wird gegeben, aber meine Bekannten, mit denen ich die Vorstellung besuchen wollte, sind plötzlich verhindert, und da sitze ich nun mit meinem Billett.'

‚„Der Barbier von Sevilla!"' rief Großmutter, ‚ist das etwa derselbe Barbier, den man in der alten Zeit gab?'

‚Ja', sagte er, ‚es ist derselbe Barbier', und dabei sah er mich an. Ich aber hatte schon alles begriffen und errötete, und mein Herz hüpfte in Erwartung!

‚Aber den kenne ich ja!' rief Großmutter, ‚wie sollte ich den nicht kennen! Ich habe doch in meiner Jugend auf der Hausbühne die Rosine gespielt!'

‚Würden Sie dann nicht heute abend die Oper einmal wieder hören wollen?' fragte er. ‚So fände auch mein Billett noch eine Verwendung, sonst hätte ich es unnütz gekauft.'

‚Nun, meinetwegen, fahren wir', sagte Großmutter, ‚weshalb sollten wir nicht?! Meine Nasstenka ist ja auch noch niemals im Theater gewesen.'

Mein Gott, war das eine Freude! Wir kleideten uns an und dann fuhren wir. Großmutter ist zwar blind, aber sie wollte doch wenigstens die Musik hören; und dann, wissen Sie, sie ist eine gute alte Frau: sie wollte hauptsächlich mir das Vergnügen gönnen, denn ohne seine Aufforderung wären wir wohl niemals in die Oper gekommen. Wie der Eindruck war, den der „Barbier von Sevilla" auf mich machte – nun, das brauche ich Ihnen wohl nicht zu sagen, das können Sie sich schon ohnehin denken. Den ganzen Abend sah er mich mit so guten Augen an und sprach so freundlich zu mir: ich erriet gleich, daß er mich auf der Treppe nur hatte prüfen wollen, als er mich aufforderte, allein mit ihm ins Theater zu fahren. Da freute ich mich denn, daß ich ihm so geantwortet hatte! Und als ich zu Bett ging, war ich so stolz, so froh und mein Herz schlug so stark, daß ich sogar ein wenig fieberte, und die ganze Nacht träumte mir vom Barbier von Sevilla.

Ich dachte natürlich, unser Mieter werde jetzt öfter zu uns kommen – aber da täuschte ich mich. Er kam fast gar nicht mehr. Nur so, etwa einmal im Monat sprach er vor, und auch das nur, um uns aufzufordern, mit ihm ins Theater zu fahren. Zweimal fuhren wir auch noch – nur wollte mir diese Art gar nicht gefallen. Ich sah ein, daß ich ihm einfach nur leid tat, weil ich bei Großmutter tagaus tagein angesteckt sitzen mußte: weiter war es nichts. Und je länger sich das so fortsetzte, um so mehr kam es über mich: ich saß und versuchte zu lesen und zu arbeiten, aber ich konnte weder sitzen noch lesen, noch arbeiten. Zuweilen lachte ich und stellte irgend etwas an, worüber Großmutter sich ärgern mußte. Dann wieder war ich den Tränen nahe oder weinte auch wohl wirklich. Zu guter Letzt wurde ich fast krank. Die Opernsaison war zu Ende; unser Mieter hörte nun ganz auf, zu uns zu kommen. Wenn wir einander aber begegneten – immer auf der Treppe natürlich –, da grüßte er nur so ernst und schweigend und ging an mir vorüber, als wolle er überhaupt nicht mit mir sprechen. Und wenn er schon längst oben war, stand ich immer noch auf der Treppe, rot wie eine Kirsche, denn das Blut stieg mir sofort ins Gesicht, sobald ich ihn nur erblickte.

Meine Geschichte ist gleich zu Ende. Gerade vor einem Jahr, im Mai, kam unser Mieter nach langer Zeit wieder einmal zu uns und sagte der Großmutter, daß er seine Geschäfte hier erledigt habe und wieder auf ein Jahr nach Moskau fahren müsse. Wie ich das hörte, erbleichte ich und sank auf einen Stuhl – ich glaubte, vergehen zu müssen. Großmutter merkte nichts davon, er aber verabschiedete sich kurz und ging.

Was sollte ich tun? Ich dachte und dachte und marterte mein Gehirn und grämte mich, bis ich endlich doch einen Entschluß faßte. Morgen fährt er, dachte ich, und so beschloß ich, noch an demselben Abend, sobald Großmutter eingeschlafen wäre, meinen Vorsatz auszuführen. So geschah es auch. Ich band, was ich an Kleidern und Wäsche nötig katte, in ein Bündel, und mit dem Bündel in der Hand, mehr tot als lebendig, ging ich nach oben zu unserem Mieter. Ich glaube, ich brauchte eine volle Stunde, um die Treppe hinaufzusteigen. Als ich aber die Tür zu seinem Zimmer öffnete, da sprang er auf und sah mich an, als hielte er mich für ein Gespenst. Doch das dauerte nur einen Augenblick. Dann griff er nach dem Wasserglas und stand auch schon neben mir und gab mir zu trinken, denn ich hielt mich kaum auf den Füßen. Mein Herz schlug so, daß es mir im Kopf weh tat und meine Sinne sich verwirrten. Als ich aber wieder zu mir kam, tat ich nichts weiter, als daß ich mein Bündel auf sein Bett legte, mich daneben setzte, das Gesicht mit den Händen bedeckte und in eine Flut von Tränen ausbrach. Ich glaube, da begriff er im Augenblick alles, denn er stand vor mir und war bleich und sah mich so traurig an, daß es mir das Herz zerriß.

‚Hören Sie', begann er, ‚hören Sie, Nasstenka: Ich kann nicht! Ich bin ganz arm, ich habe vorläufig noch nichts, nicht einmal eine Stellung: wie sollten wir denn leben, wenn ich Sie heirate?'

Wir sprachen lange. Schließlich war ich ganz fassungslos und sagte, ich könne nicht länger bei Großmutter bleiben, ich würde von ihr fortlaufen und ich wollte nicht, daß man mich mit einer Stecknadel anstecke: sobald er nur einwillige, wollte ich mit ihm nach Moskau gehen, da ich ohne ihn nicht mehr leben könne. Scham und Liebe und Stolz – alles brach da zugleich aus mir hervor: und fast wie in einem Weinkrampf sank ich aufs Bett. Ich fürchtete mich so vor einer Zurückweisung!

Er schwieg eine Weile, dann stand er auf, trat zu mir und ergriff meine Hand.

‚Hören Sie, meine gute, meine liebe Nasstenka!' begann er, und seine Stimme bebte vor Tränen, ‚hören Sie mich an. Ich schwöre Ihnen, wenn ich jemals in der Lage sein werde, zu heiraten, so sollen Sie mein Glück ausmachen. Ich versichere Ihnen, nur Sie allein könnten es. Doch hören Sie weiter: ich fahre jetzt nach Moskau und werde dort ein Jahr bleiben. Ich hoffe, mir in dieser Zeit ein Auskommen zu schaffen. Wenn ich dann, nach einem Jahr, zurückkehre und Sie mich noch liebhaben, so werden wir glücklich sein, das schwöre ich Ihnen. Jetzt aber ist es unmöglich, ich besitze nichts und ich habe kein Recht, auch nur irgend etwas zu versprechen. Sollte ich aber in einem Jahr noch nicht so weit sein, so werden wir noch etwas länger warten müssen, einmal aber werden wir unser Ziel erreichen – natürlich nur dann, wenn Sie nicht einem anderen den Vorzug geben, denn binden will ich Sie mit keinem Wort, das kann ich nicht und darf ich nicht.'

So sprach er damals zu mir und am nächsten Tag fuhr er fort. Vorher aber sprachen wir uns noch aus und beschlossen, der Großmutter nichts zu sagen. Er wollte es so. Nun, und ... meine Geschichte ist fast zu Ende. Es ist jetzt genau ein Jahr vergangen. Er ist zurückgekehrt, er ist schon ganze drei Tage hier und ... und ...«

»Und – was?« fragte ich gespannt.

»Und ist bis jetzt noch nicht gekommen!« schloß Nasstenka, indem sie sich mit aller Gewalt zusammennahm, »kein Wort von ihm, kein Brief ...«

Sie stockte, schwieg ein wenig, senkte den Kopf und plötzlich brach sie, die Hände vor das Gesicht schlagend, in Tränen aus und weinte so verzweifelt, daß es mir das Herz zerriß.

Eine solche Lösung hatte ich nicht erwartet.

»Nasstenka!« sagte ich mit aller Güte und Teilnahme in der Stimme. »Nasstenka, um Gottes willen, so weinen Sie doch nicht so! Woher wissen Sie es denn? Vielleicht ist er noch gar nicht hier ...«

»Doch, doch, er ist hier!« bestätigte sie eifrig, »ich weiß es. Wir trafen damals noch eine Verabredung, an jenem Abend vor seiner Abreise – Als wir uns ausgesprochen und uns alles gesagt hatten, was ich Ihnen soeben erzählt habe, da kamen wir hierher und spazierten hier auf und ab. Es war zehn Uhr und wir saßen auf dieser Bank. Ich weinte nicht mehr, es war mir so süß, zu hören, was er zu mir sprach ... Er sagte, er werde sogleich nach seiner Ankunft zu uns kommen, und wenn ich mich dann nicht von ihm lossagte, würden wir alles der Großmutter mitteilen. Jetzt aber ist er zurückgekehrt, ich weiß es, und zu uns ist er nicht gekommen, *nicht* gekommen!«

Und wieder brach sie in Tränen aus.

»Mein Gott! Kann man Ihnen denn irgendwie helfen?« rief ich und sprang in meiner Ratlosigkeit von der Bank auf. »Sagen Sie, Nasstenka, könnte ich nicht zu ihm gehen und mit ihm sprechen?«

»Ginge denn das?« fragte sie, plötzlich aufschauend.

»Nein, eigentlich nicht, natürlich nicht! ... Aber hören Sie: schreiben Sie ihm einen Brief.«

»Nein, das ist unmöglich, das geht erst recht nicht!« versetzte sie schnell, senkte jedoch das Köpfchen und sah mich nicht an.

»Weshalb denn nicht? Weshalb sollte es unmöglich sein?« fuhr ich fort, denn mein Plan begann mir zu gefallen. »Die Frage ist nur: was für einen Brief? Zwischen Brief und Brief ist ein Unterschied und ... Ach, Nasstenka, vertrauen Sie mir doch! Ich will Ihnen keinen schlechten Rat geben. Es läßt sich das wirklich machen, glauben Sie mir! Sie haben doch den ersten Schritt getan – weshalb wollen Sie denn jetzt nicht ...«

»Nein, nein, es geht nicht, es geht wirklich nicht! Damals habe ich mich schon fast – aufgedrängt ...«

»Ach, Sie Kind!« unterbrach ich sie, ohne mein Lächeln zu verbergen, »nein, da irren Sie sich. Und schließlich haben Sie dazu das volle Recht, da er Ihnen sein Wort gegeben hat. Übrigens scheint er auch, wie ich aus allem ersehe, ein durch und durch anständiger Mensch zu sein«, fuhr ich fort und ließ mich nun von der Logik meiner Folgerungen und

Schlüsse mehr und mehr gefangennehmen. »Wie hat er denn an Ihnen gehandelt? Er hat sich durch sein Versprechen gebunden. Er hat gesagt, daß er nur Sie heiraten wolle, sobald er erst einmal so weit sein werde; Ihnen dagegen hat er volle Freiheit gelassen, so daß Sie, wenn Sie wollen, jeden Augenblick sich von ihm lossagen können ... Folglich dürfen Sie jetzt ruhig den ersten Schritt tun, denn er hat Ihnen in allem das Vorrecht überlassen – ganz gleich, ob es sich nun um die Rückgabe des bindenden Wortes handelt, oder um etwas anderes ...«

»Sagen Sie – wie würden Sie an meiner Stelle schreiben?«

»Was?«

»Nun, diesen Brief an ihn.«

»Ich? – Oh, ganz einfach: ‚Sehr geehrter Herr ...'«

»Muß man unbedingt so anfangen?«

»Unbedingt. Übrigens, haben Sie etwas dagegen einzuwenden? Ich denke ...«

»Nein, nein, schon gut! Weiter!«

»Also: ‚Sehr geehrter Herr! Entschuldigen Sie, daß ich ...' Übrigens nein, Entschuldigungen sind überflüssig. Hier erklärt ja schon die Tatsache alles. Also einfach: ‚Ich schreibe Ihnen. Verzeihen Sie meine Ungeduld, aber ich war ein ganzes Jahr lang so glücklich, da ich immer in meiner Hoffnung lebte – Woher sollte ich jetzt wohl die Geduld nehmen, auch nur einen Tag der Ungewißheit zu ertragen? Jetzt, wo Sie schon zurückgekehrt sind und mich doch noch nicht aufgesucht haben, muß ich annehmen, daß Sie Ihre Absicht inzwischen aufgegeben haben. In diesem Fall soll dieser Brief Ihnen nur sagen, daß ich nicht klage und Ihnen keinen Vorwurf mache. Wie sollte ich auch, denn es ist doch nicht Ihre Schuld, wenn ich Ihr Herz nur für eine kurze Zeit zu fesseln vermocht habe. Dann ist es eben mein Schicksal ... Sie sind ein vornehm denkender Mensch und werden über meine ungeschickten Zeilen weder lächeln noch sich ärgern. Aber trotzdem – vergessen Sie nicht, daß ein armes Mädchen an Sie schreibt, daß sie ganz allein ist und keinen Menschen hat, dem sie sich anvertrauen und der ihr Rat erteilen könnte, und daß sie auch nie verstanden hat, ihr Herz zu bezwingen. Doch seien Sie mir nicht böse, wenn es unrecht von mir gewesen sein sollte, auch nur für einen Augenblick in meiner Seele Zweifel gehegt zu haben. Ich weiß, daß Sie nicht einmal in Gedanken diejenige zu kränken vermögen, die Sie so geliebt hat und noch liebt.'«

»Ja, ja! So habe ich es mir auch schon gedacht!« rief Nasstenka und ihre Augen glänzten vor Freude. »Oh, Sie haben mich von allen meinen Ungewißheiten erlöst! Gott selbst hat Sie mir gesandt! Ich danke Ihnen, ich danke Ihnen!«

»Wofür? Dafür, daß Gott mich zu Ihnen gesandt hat?« fragte ich und betrachtete entzückt ihr freudestrahlendes Gesichtchen.

»Ja, meinetwegen dafür!«

»Ach, Nasstenka! Wir sind doch wirklich manchen Menschen nur dafür dankbar, daß sie mit uns leben oder überhaupt nur leben. Ich, zum Beispiel, bin Ihnen ganz unendlich dankbar dafür, daß Sie mir begegnet sind und daß ich nun mein Leben lang an Sie werde denken können.«

»Nun, schon gut, genug! Aber jetzt – Sie wissen ja noch gar nicht alles – also hören Sie: Damals verabredeten wir, daß er sogleich nach seiner Rückkehr mir eine Nachricht zukommen lassen solle, und zwar durch meine Bekannten: gute, einfache Leute, die von all dem nichts wissen; falls er aber nicht schreiben könne, da sich in einem Brief doch oft nicht alles sagen läßt, so sollte er gleich am ersten Tag um Punkt zehn Uhr abends hierher kommen, wo wir uns dann treffen wollten. Daß er in Petersburg bereits eingetroffen ist, das weiß ich; aber jetzt ist er bereits seit drei Tagen hier, und bis jetzt habe ich weder einen Brief von ihm erhalten noch ist er selbst gekommen. Am Tag ist es mir nicht möglich, unbemerkt von Großmutter fortzugehen. Deshalb – oh, seien Sie so gut und geben Sie jenen Leuten, von denen ich sprach, meinen Brief – die werden ihn weiterbefördern.

Wenn aber eine Antwort von ihm eintrifft, so bringen Sie sie mir um zehn Uhr abends hierher – ja?«

»Aber der Brief, der Brief! Zuerst muß doch der Brief noch geschrieben werden! Sonst kann ich das allenfalls erst übermorgen besorgen.«

»Der Brief ...«, Nasstenka sah etwas verwirrt zu Boden, »der Brief ... ja, aber ...«

Sie stockte und sprach nicht zu Ende, wandte das Gesichtchen, das wie eine Rose erglühte, von mir fort, und plötzlich fühlte ich in meiner Hand einen Brief – einen geschlossenen und natürlich nicht erst ganz vor kurzem geschriebenen Brief. Und zugleich – der Schalk rief eine Erinnerung in mir wach – klang mir plötzlich eine reizende graziöse Melodie im Ohr und –

»„Ro–osi–ina!“« sang ich.

»Oh! „Ro–o–osi–i–ina!“« sangen wir beide, und ich war nahe daran, sie vor lauter Wonne in meine Arme zu schließen, während sie noch heftiger errötete und durch Tränen lachte, die wie Tautropfen silbern an ihren Wimpern glänzten.

»Nun, genug, genug! Jetzt leben Sie wohl!« sagte sie schnell. »Den Brief haben Sie, und auf dem Umschlag steht die Adresse, dort geben Sie ihn ab. Leben Sie wohl! Auf Wiedersehen: morgen!«

Sie drückte mir fest beide Hände, nickte mir noch einmal zu und huschte wie ein Schatten in ihre kleine Querstraße. Ich stand noch lange auf demselben Fleck und sah ihr nach.

‚Auf Wiedersehen: morgen! Morgen!‘ fuhr es mir durch den Sinn, als sie meinen Blicken entschwunden war.

Die dritte Nacht

Heute war ein trauriger regnerischer Tag, so grau und trüb und lichtlos – ganz wie das Alter, das mir bevorstand. Und mich bedrücken so seltsame Gedanken, so dunkle Empfindungen; Probleme, die mir selbst noch völlig unklar sind, drängen sich in meine Gedanken – und dabei habe ich doch weder die Kraft noch den Wunsch, sie zu lösen. Nun, das ist auch eigentlich nicht meine Sache!

Heute werden wir uns nicht wiedersehen. Als wir gestern Abschied nahmen, zogen schon dunkle Wolken auf und Nebel erhob sich. Ich sagte noch: »Morgen werden wir einen trüben Tag haben.« Sie antwortete darauf nichts – was hätte sie auch antworten sollen? Für sie war dieser Tag hell und klar; kein Wölkchen würde auf ihr Glück einen Schatten werfen.

»Wenn es regnet, werden wir uns nicht sehen«, sagte sie endlich, »dann komme ich nicht.«

Ich dachte, sie werde den Regen heute gar nicht bemerkt haben, aber sie kam doch nicht.

Gestern sahen wir uns zum drittenmal – es war unsere dritte helle Nacht ...

Indessen – wie doch Freude und Glück einen Menschen schön machen! Wie atmet im Herzen die Liebe! Es ist, als wolle man sein ganzes Herz in ein anderes Herz überströmen lassen; man will, daß alles froh sei! daß alles lache! Und wie ansteckend ist diese Freude! Gestern war in ihren Worten soviel Zärtlichkeit und in ihrem Herzen soviel Güte zu mir ... Wie aufmerksam sie war, wie nett, wie freundlich und lieb! wie sie mich ermunterte und mein Herz erquickte! Oh, wieviel süße Schelmerei vor lauter Glück! Und ich ... Ich nahm alles für bare Münze und dachte, daß sie ...

Mein Gott, wie konnte ich nur so etwas denken? Wie konnte ich so blind sein, wo ich doch wußte, daß alles schon einem anderen gehörte, und wo ich mir doch hätte sagen müssen, daß all ihre Zärtlichkeit und Liebe ... ja, ihre Liebe zu mir – nichts anderes war als ein Ausdruck ihrer Freude über das bevorstehende Wiedersehen mit ihm und ihr Wunsch, an diesem Glück auch mich teilnehmen zu lassen oder es einfach auch auf mich zu übertragen? ... Als er aber nicht kam und wir vergeblich warteten, da ward sie doch traurig und bekümmert und verzagt. Ihre Bewegungen und ihre Worte waren nicht mehr so leicht und gleichsam beflügelt, nicht mehr so ausgelassen lustig. Doch sonderbarerweise verdoppelte sie dann ihre Aufmerksamkeit und Freundlichkeit gegen mich, und es war mir, als wolle sie alles, was sie für sich wünschte und worum sie bangte, weil es vielleicht für sie nie in Erfüllung gehen würde, unwillkürlich wenigstens mir schenken. Und zitternd für ihr eigenes Glück, voll Angst und Sehnsucht begriff sie endlich, daß auch ich liebte, daß ich *sie* liebte, und etwas wie Mitleid mit meiner armen Liebe ergriff sie. Denn wenn wir selbst unglücklich sind, dann können wir das Unglück anderer besser nachfühlen, und das Gefühl zerstreut sich nicht so, sondern sammelt sich ...

Ich kam zu ihr mit vollem Herzen, nachdem ich die Stunde des Wiedersehens kaum hatte erwarten können. Ich ahnte aber noch nicht, was ich in dieser Stunde empfinden würde; ebensowenig sah ich voraus, wie anders alles enden sollte. Sie strahlte vor Freude, denn sie erwartete die Antwort. Und die Antwort, die sollte er selbst bringen ... Daß er auf ihren Ruf unverzüglich zu ihr eilen würde – davon war sie fest überzeugt. Sie war schon eine ganze Stunde vor mir zur Stelle. Anfangs lachte sie über alles, fast über jedes Wort, das ich sprach. Ich wollte weitersprechen, doch plötzlich – schwieg ich.

»Wissen Sie, weshalb ich so froh bin?« fragte sie, »– und mich so freue, Sie zu sehen? – weshalb ich Sie heute so liebe?«

»Nun?« fragte ich, und mein Herz bebte.

»Ich liebe Sie, weil Sie sich nicht in mich verliebt haben. Ein anderer zum Beispiel hätte doch an Ihrer Stelle angefangen, mich zu beunruhigen und zu belästigen und hätte geseufzt und den Kranken gespielt. Sie aber sind so nett und lieb!«

Und sie drückte meine Hand so fest, daß ich fast aufgeschrien hätte. Und dann lachte sie wieder.

»Mein Gott! Was sind Sie doch für ein Freund!« fuhr

sie nach einer Weile sehr ernst fort. »Ich glaube wirklich, daß Gott selbst Sie mir gesandt hat. Was würde wohl aus mir werden, wenn Sie jetzt nicht bei mir wären? Wie uneigennützig Sie sind! und mit wieviel Güte Sie mich lieben! Wenn ich verheiratet bin, werden wir gute Freunde sein — wie Geschwister. Ich werde Sie fast ebenso lieben wie ihn ...«

Das tat mir weh, und im Augenblick empfand ich schmerzvolle Trauer, doch zugleich regte sich auch so etwas wie ein Lachen in meiner Seele.

»Sie sind unruhig«, sagte ich, »die Angst sitzt Ihnen im Herzen, denn Sie fürchten innerlich doch, daß er nicht kommen wird.«

»Gott mit Ihnen! — wäre ich weniger glücklich, so würden Ihr Unglaube und Ihre Vorwürfe mich wahrscheinlich zum Weinen bringen. Übrigens haben Sie mich auf einen Gedanken gebracht, über den ich noch lange grübeln kann. Aber das werde ich nachher tun; jetzt aber will ich Ihnen gestehen, daß Sie die Wahrheit erraten haben. Ja! Ich bin irgendwie nicht — ich selbst. Ich bin in der Tat eigentlich nichts als Erwartung und nehme alles irgendwie gar zu leicht ... Doch genug davon, reden wir nicht mehr von Gefühlen ...«

Da plötzlich hörten wir Schritte, und aus der Dunkelheit kam uns ein Fußgänger entgegen. Wir zuckten beide zusammen, sie hätte fast aufgeschrien. Ich zog meinen Arm zurück, auf dem die Hand lag, und machte eine Wendung, um unauffällig fortzugehen. Doch wir täuschten uns: es war ein Fremder, der ruhig vorüberging.

»Was fürchten Sie? Weshalb zogen Sie Ihren Arm zurück?« fragte sie, indem sie wieder meinen Arm nahm. »Was ist denn dabei? Wir werden ihm Arm in Arm entgegengehen. Ich will, daß er sieht, wie wir einander lieben.«

»Wie wir einander lieben!« rief ich.

— ‚Oh, Nasstenka, Nasstenka!' dachte ich im stillen, ‚wie viel du mit diesem Wort gesagt hast! Bei solcher Liebe, Nasstenka, kann das Herz wohl erfrieren ... und die Seele ist dann todtraurig ... Deine Hand ist kühl, Nasstenka, meine aber ist heiß wie Feuer. Wie blind du bist, Nasstenka! Oh! wie unerträglich kann doch ein glücklicher Mensch zuweilen sein! Aber dir böse sein: das könnte ich doch nicht!'

Schließlich war mein Herz so voll von alledem, daß ich sprechen mußte, ob ich wollte oder nicht.

»Hören Sie, Nasstenka!« rief ich, »wissen Sie, was heute den ganzen Tag mit mir gewesen ist?«

»Nun, was, was denn? Erzählen Sie schnell! Warum haben Sie denn bis jetzt geschwiegen!«

»Erstens, Nasstenka, als ich alle Ihre Aufträge erfüllt, den Brief bei Ihren guten Leuten abgegeben hatte, da ... da ging ich nach Hause und legte mich schlafen ...«

»Und das war alles?« unterbrach sie mich lachend.

»Ja, fast alles«, versetzte ich, mich schnell zusammennehmend, denn die dummen Tränen wollten mir mit Gewalt in die Augen treten. »Ich erwachte erst eine Stunde vor dem von uns verabredeten Wiedersehen, aber es war mir, als hätte ich gar nicht geschlafen. Ich weiß nicht, was mit mir war. Und als ich herkam, da war es, als käme ich nur, um Ihnen das alles zu erzählen. Es war, als sei die Zeit für mich stehengeblieben, als müßte eine Empfindung, ein einziges Gefühl von nun an ewig mich beherrschen, als müßte ein Augenblick eine ganze Ewigkeit währen und als sei das ganze Leben in mir stehen geblieben ... Als ich erwachte, da war mir, als erinnerte ich mich eines musikalischen Motivs, das ich einmal vor langer Zeit gehört und inzwischen vergessen haben mochte. Und es schien mir, als habe es sich schon mein Leben lang aus meiner Seele hervordrängen wollen, und jetzt erst ...«

»Ach, mein Gott!« unterbrach mich Nasstenka, »wie kommt denn das? Ich begreife kein Wort.«

»Ach, Nasstenka! Ich wollte Ihnen diesen seltsamen Eindruck irgendwie wiedergeben ...«, begann ich mit trauriger Stimme, in der sich aber doch noch Hoffnung verbarg, wenn auch nur eine ganz entfernte.

»Schon gut, hören Sie auf, schon gut, schon gut!« sagte sie schnell – in einem Augenblick hatte sie alles erraten, die Schelmin!

Sie ward sehr gesprächig und lustig und sogar unartig. Sie nahm meinen Arm, lachte, erzählte, wollte unbedingt, daß auch ich zu lachen anfinge; jedes verwirrte Wort von mir rief bei ihr ein helles und übermütiges Lachen hervor ... Ich fing an, mich zu ärgern; plötzlich begann sie zu kokettieren.

»Hören Sie mal«, hub sie an, »ein wenig ärgert es mich doch, daß Sie sich gar nicht in mich verliebt haben. Da werde einer jetzt klug aus den Menschen! Immerhin, mein unbezwingbarer Herr, müssen Sie doch wenigstens das anerkennen, daß ich so harmlos und offenherzig bin. Ich sage Ihnen alles, alles, gleichviel was für ein Dummheit mir gerade durch den Kopf fährt.«

»Da! Hören Sie? Es schlägt elf«, sagte ich, als fernher der erste gemessene Schlag der Turmuhr erklang.

Sie blieb stehen, ihr Lachen war verstummt, sie zählte jeden Schlag.

»Ja, elf«, sagte sie endlich etwas zaghaft und unschlüssig.

Ich bereute sogleich, daß ich sie unterbrochen und die Schläge hatte zählen lassen. Und ich verwünschte mich ob der Bosheit, die mich angewandelt. Es tat mir leid um sie, und ich wußte nicht, wie ich mein Vergehen gutmachen sollte. Ich versuchte, sie zu trösten und Gründe für sein Fernbleiben zu suchen. Ich führte verschiedene Beispiele an, bewies und folgerte; wirklich ließ sich niemand leichter überzeugen als sie in diesem Augenblick, wie ja wohl ein jeder unter solchen Umständen mit Freuden jeden Trost anhören und selbst noch für den Schatten einer Rechtfertigung dem anderen dankbar sein würde.

»Ja, und überhaupt«, fuhr ich fort, indem ich mich immer mehr für ihn einsetzte, und dabei selbst sehr eingenommen von der Klarheit meiner Beweise war, »er konnte ja heute noch gar nicht kommen. Sie haben Ihre Erwartung und Unruhe auch auf mich übertragen, Nasstenka, so daß auch ich die Zeitschätzung ganz vergaß ... Bedenken Sie doch nur: er hat ja kaum erst den Brief erhalten können! Nehmen wir jetzt an, daß er verhindert ist, persönlich zu erscheinen, und daß er schreiben wird – dann können Sie den Brief doch gar nicht früher bekommen als morgen. Ich werde in aller Frühe hingehen und Sie dann sogleich benachrichtigen. Und überdies können wir ja noch tausend andere Wahrscheinlichkeiten annehmen – sagen wir zum Beispiel: er ist nicht zu Hause gewesen, als der Brief kam, und er hat ihn vielleicht bis jetzt noch nicht gelesen. Es ist doch alles möglich.«

»Ja, ja!« pflichtete mir Nasstenka schnell bei, »ich habe daran gar nicht gedacht; natürlich ist alles möglich«, bestätigte sie mit bereitwillig nachgiebiger Stimme, aus der aber doch, wie eine ärgerliche kleine Dissonanz, ein anderer ferner Gedanke herauszuhören war.

»Dann bleibt es dabei und wir machen es so: Sie gehen morgen möglichst früh zu jenen guten Leuten, und wenn Sie dort etwas erhalten, so benachrichtigen Sie mich unverzüglich. Sie wissen doch, wo ich wohne?« Und sie nannte mir ihre Adresse.

Dann wurde sie mit einem Mal so zärtlich zu mir, und dabei schien sie doch eine gewisse Schüchternheit anzuwandeln ... Scheinbar hörte sie mir auch aufmerksam zu ... Als ich mich aber mit einer Frage an sie wandte, da schwieg sie und kehrte verwirrt das Köpfchen von mir fort. Ich beugte mich ein wenig vor, um ihr ins Gesicht zu sehen – und wahrhaftig, so war's: sie weinte.

»Nun, nun! ... Ist's möglich? Ach, was für ein Kind Sie sind! Was für ein kleines unvernünftiges Kind! ... Hören Sie doch auf! ... Worüber weinen Sie denn?«

Sie versuchte zu lächeln und sich zu beherrschen, aber ihr Gesicht zuckte und ihre Brust wogte immer noch.

»Ich habe nur über Sie nachgedacht«, sagte sie nach längerem Schweigen. »Sie sind so gut, daß ich von Stein sein müßte, wenn ich das nicht herausfühlte. Wissen Sie, was mir soeben in den Sinn kam? Ich verglich Sie beide. Warum ist er – nicht Sie? Warum ist er nicht so wie Sie? Er ist schlechter als Sie, und doch liebe ich ihn mehr als ich Sie liebe.«

Ich antwortete nichts. Sie aber wartete, wie es schien, auf eine Bemerkung von mir.

»Selbstverständlich ist es möglich, daß ich ihn vielleicht nicht ganz verstehe, und ich kenne ihn ja auch noch gar nicht so gut. Aber wissen Sie, es ist mir, als hätte ich ihn immer ein wenig gefürchtet. Er war immer so ernst und so ... wie stolz. Natürlich, ich weiß ja, das war nur der äußere Schein. In seinem Herzen ist sogar noch mehr Zärtlichkeit als in meinem ... Ich weiß noch, wie er mich damals ansah – wissen Sie, als ich mit meinem Bündel zu ihm kam ... Aber doch ist es so, als stellte ich ihn irgendwie gar zu hoch, und das ist dann doch wieder so, als wären wir einander nicht gleich, nicht ebenbürtig?«

»Nein, Nasstenka«, sagte ich, »das bedeutet nur, daß Sie ihn mehr als alles andere in der Welt lieben, und sogar viel mehr als sich selbst.«

»Ja, nun gut, mag das so sein«, entgegnete Nasstenka naiv, »aber wissen Sie, was mir jetzt wieder in den Sinn gekommen ist? Nur werde ich jetzt nicht mehr von ihm sprechen, sondern im allgemeinen – ich habe darüber eigentlich schon lange nachgedacht. Hören Sie also und sagen Sie mir: warum sind wir nicht alle wie Brüder zueinander? Warum kommt es einem selbst beim besten Menschen immer vor, als verberge er etwas vor dem anderen und verschweige es ihm? Warum sagt nicht ein jeder ganz offen, was er gerade auf dem Herzen hat, wenn man weiß, daß man seine Worte nicht in den Wind spricht? Jetzt schaut ein jeder drein, als sei er viel kälter und schroffer, als er es in Wirklichkeit ist, und es ist fast, als fürchteten die Menschen, sich etwas zu vergeben, wenn sie ihre Gefühle ohne weiteres voreinander äußerten ...«

»Ach, Nasstenka! Sie haben gewiß recht, aber das geschieht doch aus sehr verschiedenen Gründen«, versetzte ich, während ich mich gerade in diesem Augenblick mehr denn je zusammennahm und meine innersten Gefühle verbarg.

»Nein, nein!« widersprach sie mit tiefer Überzeugung. »Sie zum Beispiel sind nicht so wie die anderen! Ich ... verzeihen Sie, ich weiß nicht, wie ich Ihnen das erklären soll, was ich empfinde, aber es scheint mir, daß Sie ... zum Beispiel jetzt, gerade jetzt ... ja, es scheint mir, daß Sie mir ein Opfer bringen«, sagte sie fast zaghaft; ihr Blick streifte mich dabei flüchtig. »Verzeihen Sie mir, daß ich so zu Ihnen spreche. Ich bin ein einfaches Mädchen und habe noch wenig gesehen im Leben. Wirklich: ich verstehe mich oft gar nicht richtig auszudrücken«, fügte sie mit einer Stimme hinzu, die von einem verborgenen Gefühl zitterte, während sie sich zu einem Lächeln zwang. »Aber ich wollte Ihnen doch sagen, daß ich Ihnen dankbar bin und daß ich dies selbst weiß und empfinde ... Oh, möge Gott Sie dafür glücklich machen! Das aber, was Sie mir damals von Ihrem Träumer erzählten, das ist ja gar nicht wahr! – ich meine: das hat doch nichts mit Ihnen zu tun! Sie werden gesund werden, und überhaupt – Sie sind doch ein ganz anderer Mensch als wie Sie sich selbst geschildert haben. Sollten Sie aber einmal lieben, dann gebe Gott Ihnen alles Glück! Derjenigen aber, die Sie lieben, brauche ich nichts mehr zu wünschen, denn mit Ihnen wird sie ohnehin glücklich sein! Ich weiß es, ich bin selbst ein Weib, und darum können Sie mir glauben, wenn ich es Ihnen sage ...«

Sie verstummte und wir tauschten einen herzlichen Händedruck. Auch ich war zu erregt, um noch sprechen zu können. Wir schwiegen beide.

»Ja, heute wird er nicht mehr kommen«, sagte sie endlich und hob den Kopf. »Es ist schon zu spät ...«

»Er wird morgen kommen«, sagte ich in festem, überzeugtem Ton.

»Ja«, sagte sie munter, »ich sehe es jetzt selbst ein, daß

es heute noch zu früh war, und daß er erst morgen kommen wird. Nun, dann also auf Wiedersehen: morgen! Wenn es regnet, werde ich vielleicht nicht kommen. Aber übermorgen – übermorgen werde ich bestimmt kommen, und Sie – kommen Sie gleichfalls unbedingt! Ich will Sie sehen, ich werde Ihnen dann alles erzählen.«

Und als wir uns verabschiedeten, reichte sie mir die Hand und sagte, indem sie mir mit klarem Blick in die Augen sah:

»Von nun an werden wir doch immer beisammen bleiben, nicht wahr?«

Oh! Nasstenka, Nasstenka! Wenn du wüßtest, wie einsam ich jetzt bin!

Als es aber am anderen Abend neun schlug, da hielt ich es in meinem Zimmer nicht mehr aus: ich kleidete mich an und ging trotz des Regenwetters. Ich war dort und saß auf der Bank. Nach einer Weile stand ich auf und ging in ihre Gasse, dann aber schämte ich mich; zwei Schritte vor ihrem Hause kehrte ich wieder um, ohne nach ihren Fenstern hinaufgesehen zu haben. Ich kam in einer Stimmung nach Hause wie ich sie bisher noch nie erlebt hatte. Wie feucht, wie öde, wie langweilig! Wäre das Wetter schön, sagte ich mir, dann würde ich die ganze Nacht lang dort umhergehen ...

Doch bis morgen, bis morgen! Morgen wird sie mir alles erzählen.

Immerhin mußte ich mir sagen, daß er auf ihren Brief nicht geantwortet hatte: wenigstens heute nicht. Doch übrigens, so ist es ja auch ganz in der Ordnung. Was sollte er auch schreiben? – Er wird ja selbst kommen ...

Die vierte Nacht

Mein Gott, daß es so enden würde, so!

Ich kam um neun Uhr. Sie war bereits da. Ich erblickte sie schon von weitem: sie stand wie damals, als ich sie zum ersten Mal sah, damals, am Kai, und stützte sich auf das Geländer und hörte nicht, wie ich mich ihr näherte.

»Nasstenka!« rief ich sie an, kaum fähig, meine Erregung zu bezwingen.

Sie fuhr zusammen und wandte sich schnell nach mir um.

»Nun«, sagte sie, »nun? schneller!«

Ich sah sie verständnislos an.

»Geben Sie mir den Brief! Sie haben doch den Brief gebracht?!« Ihre Hand griff nach dem Geländer.

»Nein, ich habe keinen Brief«, sagte ich langsam. »Ist er denn noch nicht hier gewesen?«

Sie ward unheimlich blaß und sah mich lange starr an. Ich hatte ihre letzte Hoffnung vernichtet.

»Gott mit ihm!« sagte sie endlich mit stockender Stimme und zuckenden Lippen. »Gott mit ihm, wenn er mich so verläßt ...«

Sie schlug die Augen nieder – wollte dann zu mir aufsehen, vermochte es aber nicht. Eine Weile stand sie noch und meisterte ihre Erregung, dann wandte sie sich plötzlich fort, stützte die Ellenbogen auf das Geländer und brach in Tränen aus.

»Beruhigen Sie sich! Beruhigen Sie sich!« suchte ich sie zu trösten, doch hatte ich beim Anblick ihres Kummers nicht mehr die Kraft, fortzufahren – und was sollte ich ihr denn auch sagen?

»Suchen Sie nicht, mich zu trösten«, sagte sie weinend, »reden Sie nicht von ihm, sagen Sie nicht, daß er noch kommen werde, und es nicht wahr sei, daß er mich so grausam verlassen habe, so unmenschlich, wie er es getan! Und warum, warum? Sollte denn wirklich etwas Schlechtes in meinem Brief gewesen sein, in diesem unseligen Brief? ...«

Erneutes Schluchzen erstickte ihre Stimme. Ich glaubte, mein Herz müsse brechen vor Mitleid.

»Oh, wie unmenschlich grausam das ist!« begann sie wieder.

»Und keine Zeile, kein Wort! Wenn er doch wenigstens geantwortet hätte, geschrieben, daß er mich nicht brauche, daß er mich nicht wolle! Aber so – nicht eine Zeile, nicht ein Wort in den ganzen drei Tagen! Wie leicht es ihm fällt, mich zu kränken, ein armes schutzloses Mädchen zu verletzen, dessen einzige Schuld nur darin besteht, ihn zu lieben! Oh, was ich in diesen drei Tagen durchgemacht habe! Mein Gott! Mein Gott! Wenn ich denke, daß ich das erstemal ungerufen, ungebeten zu ihm gegangen bin, daß ich mich vor ihm erniedrigt habe, geweint, daß ich ihn um ein wenig, nur ein wenig Liebe gebeten ... Und jetzt das! ... Nein, wissen Sie«, – sie wandte sich mir wieder zu und ihre dunklen Augen sprühten – »es ist ja nicht möglich! Es *kann* doch nicht so sein! Das ist doch unmenschlich! Entweder habe ich mich getäuscht – oder Sie! Vielleicht hat er den Brief gar nicht erhalten? Vielleicht weiß er bis jetzt noch nichts von ihm? Anders ist es doch nicht möglich, urteilen Sie doch selbst. Sagen Sie mir, um Gottes willen, erklären Sie mir – ich kann es nicht begreifen – wie kann man einen Menschen so barbarisch roh behandeln, wie er mich behandelt hat! Kein einziges Wort auf meinen Brief! Selbst mit dem unwürdigsten Menschen geht man doch mitleidiger um! Oder – oder sollte ihm jemand etwas über mich erzählt haben?« wandte sie sich plötzlich an mich. »Wie? was meinen Sie?«

»Wissen Sie was, Nasstenka: ich werde morgen zu ihm gehen, in Ihrem Namen.«

»Und?«

»Ich werde ihn einfach fragen und ihm alles erzählen.«

»Und dann?«

»Sie schreiben ihm einen Brief. Sagen Sie nicht nein, Nasstenka, sagen Sie nicht nein! Ich werde ihn zwingen,

Ihre Handlungsweise zu achten, er soll alles erfahren, und wenn er ...«

»Nein, mein Freund, nein!« fiel sie mir ins Wort. »Lassen Sie es gut sein. Von mir wird er weiter kein Wort hören, kein Wort. Ich kenne ihn nicht mehr, ich liebe ihn nicht mehr, ich werde ihn ... ver ... ges ... sen ...«

Sie sprach nicht weiter.

»Beruhigen Sie sich, beruhigen Sie sich! Setzen Sie sich hier auf die Bank, Nasstenka«, redete ich ihr zu und führte sie ein paar Schritte weiter, auf die Bank zu ...

»Ich bin ja ruhig. Schon gut. Das ist nun einmal so. Diese Tränen – die werden schon versiegen! Was glauben Sie denn – daß ich mich umbringen werde, mich etwa ertränken werde? ...«

Mein Herz war zum Zerspringen voll. Ich wollte sprechen, aber ich konnte nicht.

»Hören Sie!« fuhr sie fort, und sie ergriff meine Hand. »Sagen Sie: Sie würden doch nicht so gehandelt haben? Sie würden doch nicht dem Mädchen, das selbst zu Ihnen gekommen ist, weil es sein schwaches dummes Herz nicht zu meistern verstand – mit einem Hohnlachen antworten? Sie würden sie doch sicherlich geschont haben? Sie würden sich doch sagen, daß sie allein stand? daß sie vom Leben noch nichts wußte und daß sie sich nicht in acht zu nehmen und vor der Liebe zu Ihnen zu bewahren verstand, und daß das Ganze nicht ihre Schuld ist ... daß sie nichts getan hat ... O mein Gott! mein Gott!«

»Nasstenka!« rief ich, unfähig, meine Erregung noch länger zurückzuhalten, »Nasstenka, Sie martern mich! Sie zerreißen mein Herz, Sie töten mich, Nasstenka! Ich kann nicht länger schweigen! Ich muß endlich sprechen, muß es aussprechen, was hier aus meinem Herzen heraus muß.«

Während ich das sagte, erhob ich mich von der Bank. Sie nahm meine Hand und sah mich verwundert an.

»Was ist mit Ihnen?« fragte sie schließlich.

»Lassen Sie mich alles sagen, Nasstenka!« bat ich entschlossen. »Erschrecken Sie nicht, Nasstenka, was ich Ihnen jetzt sagen werde, ist alles Unsinn, ist unmöglich und dumm! Ich weiß, daß es sich niemals verwirklichen wird, aber ich kann nicht länger schweigen – bei allem, was Sie jetzt leiden, beschwöre ich Sie und bitte ich Sie, mir im voraus zu verzeihen! ...«

»Aber was, was ist es denn?« Sie hatte schon aufgehört, zu weinen, und sah mich unverwandt an. In ihren erstaunten Augen lag eine seltsame Neugier. »Was haben Sie nur?!«

»Es ist ja unmöglich, Nasstenka, ich weiß es, aber ich – ich liebe Sie, Nasstenka! Das ist es! So, jetzt ist alles gesagt! ... Jetzt wissen Sie, ob Sie so zu mir sprechen dürfen, wie Sie es soeben taten, und auch, ob Sie das anhören dürfen, was ich Ihnen noch sagen will ...«

»Ja, was ... was denn? ... Was ist denn dabei? Ich weiß es doch schon lange, daß Sie mich lieben, es schien mir nur immer, daß Sie mich bloß – so ... einfach irgendwie – liebhätten ... Ach, Gott!«

»Anfangs war es auch einfach so, Nasstenka, jetzt aber, jetzt! ... Mit mir ist es ebenso wie mit Ihnen, als Sie damals mit Ihrem Bündelchen zu ihm gingen. Nein, ich bin noch schlimmer daran als Sie, Nasstenka, denn er liebte damals keine andere. Sie aber lieben ...«

»Was sagen Sie mir da! Ich ... ich verstehe Sie nicht. Aber, hören Sie, warum denn das ... oder, nein, wozu denn das alles, und so plötzlich ... Gott! Was für Dummheiten ich rede! Aber Sie ...«

Nasstenka geriet vollends in Verwirrung, ihre Wangen färbten sich purpurn, und sie sah zu Boden.

»Was soll ich denn tun, Nasstenka, was soll ich denn? Ich bin schuld, ich habe da irgend etwas mißbraucht ... Oder nein! nein, Nasstenka, ich habe keine Schuld, Nasstenka. Ich fühle das, ich spüre es, denn mein Herz sagt mir, daß ich kein Unrecht tue; ich kann Sie doch damit nicht kränken oder gar beleidigen! Ich war Ihr Freund; nun, und auch jetzt bin ich Ihr Freund – ich habe nichts verraten und habe keine Treulosigkeit begangen. Da sehen Sie, da rollen mir die Tränen über die Wangen, Nasstenka. Mögen sie rollen, mögen sie – sie stören niemanden. Von selbst werden sie wieder versiegen, Nasstenka ...«

»Aber so setzen Sie sich doch, setzen Sie sich!« Und sie wollte mich förmlich zwingen, mich hinzusetzen. »Ach, mein Gott!«

»Nein, Nasstenka, ich will nicht sitzen. Ich kann jetzt nicht mehr lange bleiben, und Sie werden mich auch nicht wiedersehen: ich werde Ihnen alles sagen – und dann gehe ich. Sie hätten es nie erfahren, daß ich Sie liebe. Ich hätte mein Geheimnis zu bewahren gewußt und hätte nicht angefangen, Sie jetzt in dieser Stunde mit mir und meinem Eigennutz zu quälen. Nein! Aber ich – ich habe es doch nicht ausgehalten! Sie fingen an, davon zu sprechen, Sie sind schuld. Sie sind an allem schuld, ich aber bin unschuldig. Sie können mich nicht so von sich stoßen ...«

»Aber nein, nein, ich schicke Sie ja gar nicht fort, nein!« beteuerte Nasstenka, gab sich die größte Mühe, ihre Verwirrung zu verbergen.

»Nicht? wirklich nicht? Und ich wollte schon von Ihnen fortlaufen. Ich werde auch fortgehen, nur muß ich vorher alles sagen, denn als Sie hier sprachen, als Sie hier weinten und vor mir standen mit Ihrer Qual, und das, weil ... nun, weil – ich werde es aussprechen, Nasstenka –, weil man Sie verschmäht, da fühlte ich, daß in meinem Herzen soviel Liebe für Sie ist, Nasstenka, soviel Liebe! ... Und es tat mir so bitter weh, daß ich Ihnen mit dieser Liebe nicht helfen konnte, daß mir das Herz darüber schier brechen wollte, und ich, ich ... konnte nicht mehr schweigen, ich mußte sprechen, Nasstenka, ich *mußte* sprechen! ...«

»Ja, ja! schon gut! Sprechen Sie nur, sprechen Sie ruhig so zu mir!« sagte Nasstenka plötzlich mit einer unerklärbaren Bewegung. »Es wird Sie vielleicht in Erstaunen setzen, daß ich Ihnen das sage, aber ... sprechen Sie nur! Ich werde es Ihnen nachher erklären. Alles erklären ...«

»Ich tue Ihnen leid, Nasstenka, Sie haben einfach nur Mitleid mit mir, Kind! Nun! Was verloren ist, ist verloren. Was man gesagt hat, läßt sich nicht zurücknehmen. Nicht wahr? Nun also, Sie wissen jetzt alles. Dies wäre unser Ausgangspunkt. Nun gut: so weit wäre alles erledigt, jetzt hören Sie weiter. Als Sie hier saßen und weinten, da dachte ich bei mir ... (ach, bitte, Nasstenka, lassen Sie mich sagen, was ich dachte!) – ich dachte, daß Sie (aber das ist ja natürlich gar nicht möglich, Nasstenka) – daß Sie da irgendwie ... nun, mit einem Wort: daß Sie auf irgendeine Weise aufgehört hätten, ihn zu lieben. Dann – das habe ich auch gestern schon gedacht, Nasstenka, und auch vorgestern schon – dann würde ich es unbedingt so gemacht haben, daß Sie mich liebgewonnen hätten. Sie sagten doch, Sie selbst haben es doch gesagt, daß Sie mich fast schon liebhätten. Nun, und – was nun weiter? Ja, das ist nun fast alles, was ich sagen wollte. Zu sagen bliebe nur noch, was dann wäre, wenn Sie mich nun wirklich liebgewännen: nur das! Also hören Sie, mein Freund – denn mein Freund sind Sie deshalb doch nach wie vor –: ich bin natürlich nur ein einfacher Mensch, bin arm und gering, doch handelt es sich ja nicht darum – ich weiß nicht, ich rede immer von ganz anderen Dingen, aber das kommt nur von der Verwirrung, Nasstenka –, nur würde ich Sie so lieben, Nasstenka, so lieben, daß Sie, auch wenn Sie ihn, den ich nicht kenne, immer noch weiter lieben sollten, doch nie merken würden, daß meine Liebe Ihnen irgendwie lästig wäre. Sie würden bloß spüren, würden bloß in jeder Minute fühlen, daß neben Ihnen ein dankbares, oh, so dankbares Herz schlägt, ein heißes Herz, das für Sie ... Ach, Nasstenka, Nasstenka! Was haben Sie aus mir gemacht!...«

»Aber so weinen Sie doch nicht, ich will nicht, daß Sie weinen!« sagte Nasstenka und stand schnell von der Bank auf. »Gehen wir, kommen Sie, weinen Sie nicht, so weinen Sie doch nicht!« Und sie wischte mit ihrem Tüchlein über meine Wangen. »So, gehen wir jetzt. Ich werde Ihnen vielleicht etwas sagen ... Wenn er mich schon verlassen und vergessen hat, so ... obschon ich ihn noch liebe – ich kann Ihnen das nicht verheimlichen und will Sie nicht täuschen – aber hören Sie, und dann antworten Sie mir. Wenn ich zum Beispiel Sie liebgewinne, das heißt: wenn ich nur ... Oh, mein Freund, mein guter Freund! wenn ich bedenke, wie ich Sie gekränkt und wie weh ich Ihnen getan haben muß, als ich Sie dafür lobte, daß Sie sich nicht in mich verliebt hätten! O Gott! Ja, wie konnte ich nur das nicht voraussehen, wie konnte ich nur so dumm sein, wie ... aber ... Nun ... nun gut, ich habe mich entschlossen, und ich werde Ihnen alles sagen ...«

»Hören Sie, Nasstenka, wissen Sie was? Ich werde jetzt fortgehen von Ihnen, das wird das Beste sein. Ich sehe doch, ich quäle Sie nur. Da machen Sie sich jetzt Gewissensbisse, weil Sie sich über mich lustig gemacht haben; ich will aber nicht, daß Sie außer Ihrem Leid ... Ich bin natürlich schuld daran, Nasstenka, also – leben Sie wohl!«

»Nein, bleiben Sie, hören Sie mich zuerst an: können Sie warten?«

»Warten? Worauf warten?«

»Ich liebe ihn; aber das wird vergehen, das muß vergehen, das kann gar nicht – nicht vergehen; es vergeht schon, ich fühle es schon jetzt ... Wer weiß, vielleicht wird es noch heute ganz vergehen, denn ich hasse ihn, weil er sich über mich lustig gemacht hat, während Sie hier mit mir geweint haben ... und Sie, Sie hätten mich auch nicht so verstoßen, wie er es getan, denn Sie liebten wirklich, er aber hat mich überhaupt nicht geliebt, – und dann weil ich Sie ... schließlich selbst liebe ... Ja, liebe! so liebe wie Sie mich lieben. Ich habe es Ihnen doch schon einmal gesagt, Sie haben es schon gehört, – ich liebe Sie, weil Sie besser sind als er, weil Sie anständiger sind als er, weil ... weil er ...«

Ihre Stimme versagte vor Erregung, sie legte ihren Kopf an meine Schulter, beugte ihn aber immer mehr, bis er an meiner Brust lag, dann begann sie bitterlich zu weinen. Ich tröstete, ich streichelte sie, ich redete ihr zu, aber sie vermochte sich nicht zu beherrschen; sie drückte meine Hand und stammelte unter Schluchzen: »Warten Sie, warten Sie noch ein wenig. Es wird gleich vergehen ... ich höre ja schon auf ... Ich will Ihnen nur sagen ... denken Sie nicht, daß diese Tränen ... das ist nur so – von der Schwäche, warten Sie, bis es vergeht ...«

Endlich versiegten die Tränen, sie richtete sich auf, wischte noch die letzten Tränenspuren von den Wangen, und wir gingen. Ich wollte sprechen, aber sie bat mich immer wieder, ihr noch ein wenig Zeit zum Nachdenken zu lassen. So schwiegen wir denn ... Endlich nahm sie sich zusammen und begann:

»Also hören Sie«, sagte sie mit schwacher und unsicherer Stimme, aus der aber plötzlich ein eigenes Gefühl klang und mein Herz so traf, daß es wie in einem süßen Schmerz erzitterte. »Denken Sie nicht, daß ich unbeständig und leichtsinnig sei, oder daß ich so schnell und leicht vergessen könne und untreu werde ... Ich habe ihn ein ganzes Jahr geliebt und ich schwöre bei Gott, daß ich niemals, niemals auch nur mit einem Gedanken ihm untreu gewesen bin. Er aber hat das mißachtet: er hat sich mit mir nur einen Scherz erlaubt – Gott mit ihm! Aber es hat mich doch verletzt und mein Herz gekränkt. Ich ... ich liebe ihn nicht mehr, denn ich kann nur das lieben, was gütig ist, großmütig, was mich versteht und was anständig ist; denn ich selbst bin so, er aber ist meiner unwürdig, – nun, noch einmal: Gott mit ihm! Es ist besser so, als wenn ich später erfahren hätte, wie er eigentlich ist ... Also – jetzt hat das ein Ende! Und wer weiß, mein guter Freund«, fuhr sie fort, indem sie mir die Hand drückte, »wer weiß, vielleicht war meine ganze Liebe nur eine Gefühlstäuschung oder nur Einbildung; vielleicht begann das alles mit ihm nur aus Unart, weil ich dieses eintönige Leben führte und ewig an Großmutters Kleid angesteckt war? Vielleicht ist es mir bestimmt, einen ganz anderen zu lieben, einen, der mehr Mitleid mit mir hat und

... Nun, lassen wir das, reden wir nicht mehr davon«, unterbrach Nasstenka sich stockend und atemlos vor Erregung, »ich wollte Ihnen nur sagen ... ich wollte Ihnen sagen, wenn Sie, obwohl ich ihn liebe (nein, geliebt habe), wenn Sie mir trotzdem sagen ... Ich meine, wenn Sie fühlen und glauben ... Ihre Liebe sei so groß, daß sie die frühere aus meinem Herzen verdrängen könnte ... Wenn Sie soviel Mitleid mit mir haben und mich jetzt nicht allein meinem Schicksal überlassen wollen, ohne Trost und Hoffnung, wenn Sie mich vielmehr immer so lieben wollen wie Sie mich jetzt lieben, so – schwöre ich Ihnen, daß meine Dankbarkeit ... daß meine Liebe Ihrer Liebe wert sein wird ... Wollen Sie daraufhin meine Hand nehmen?«

»Nasstenka!!« Ich glaube, Jauchzen und Tränen erstickten meine Stimme. »Nasstenka! ... Oh, Nasstenka! ...«

»Schon gut, schon gut! Nun lassen Sie es genug sein!« sagte sie schnell, in augenscheinlicher Hast, sich nur mit Mühe beherrschend. »Jetzt ist alles gesagt, nicht wahr? Ja? Nun, und Sie sind jetzt glücklich und ich bin glücklich, also wollen wir weiter kein Wort mehr davon sprechen! Warten Sie ... schnell, erbarmen Sie sich – sprechen Sie schnell von irgend etwas anderem, um Gottes willen! ...«

»Ja, Nasstenka, ja! Genug davon, ich bin jetzt glücklich, ich ... Gut, Nasstenka, gut, sprechen wir von etwas anderem, schnell, schnell! ja! Ich bin bereit!«

Und wir wußten beide nicht, wovon wir sprechen sollten, wir lachten und weinten und sprachen tausend Worte ohne Gedanken und Zusammenhang. Bald gingen wir auf dem Trottoir auf und ab, bald über die Straße hinüber und blieben stehen, bald kehrten wir wieder um und gingen zum Kai: wir waren wie die Kinder ...

»Ich lebe allein, Nasstenka«, sagte ich einmal, »aber ... Nun, ich bin, versteht sich, Sie wissen es ja, Nasstenka, ich bin arm, ich bekomme jährlich nur tausendzweihundert Rubel, aber das macht ja nichts ...«

»Natürlich nicht, und Großmutter hat ihre Pension, so

braucht sie von uns nichts. Wir müssen doch Großmutter zu uns nehmen.«

»Natürlich, die Großmutter müssen wir zu uns nehmen ... Aber meine Matrjona ...«

»Ach ja, und wir haben ja auch noch Fjokla!«

»Matrjóna ist eine gute Seele, nur einen Fehler hat sie: sie hat nämlich gar kein Vorstellungsvermögen, Nasstenka, gar keines, Nasstenka, sie begreift nur, was sie aus Erfahrung kennt. Aber auch das schadet nichts ...«

»Natürlich nicht, die können beide zusammen leben. Nur müssen Sie schon morgen zu uns kommen.«

»Wie das? Zu Ihnen? Gut, ich bin bereit ...«

»Sie mieten einfach bei uns. Wir haben doch oben noch ein Zimmer: das steht jetzt leer. Wir hatten eine Mieterin, eine alte Frau, eine Adelige, aber sie ist ausgezogen und abgereist, und Großmama will nun, das weiß ich, einen jungen Mann zum Mieter haben. Ich fragte sie: ‚Warum denn gerade einen jungen Mann?' Darauf sagte sie: ‚Es ist doch immer besser, man ist auch sicherer, und ich bin schon alt. Du brauchst deshalb nicht zu glauben, Nasstenka, daß ich dich mit ihm verheiraten will.' Da wußte ich denn, daß sie es gerade deshalb will ...«

»Ach, Nasstenka! ...«

Und wir lachten beide.

»Nun, genug, hören Sie auf. Aber wo wohnen Sie denn? Ich habe ganz vergessen, zu fragen.«

»Dort, in der Nähe der ... Brücke, im Hause eines gewissen Baránnikoff.«

»Das ist so ein großes Haus, nicht?«

»Ja, ein großes Haus.«

»Ach, das kenne ich, das ist ein schönes Haus. Nur, wissen Sie, ziehen Sie aus und kommen Sie recht bald zu uns ...«

»Morgen, Nasstenka, gleich morgen! Ich schulde dort wohl noch ein wenig für die Wohnung, aber das schadet nichts ... Ich bekomme bald mein Gehalt ...«

»Wissen Sie, ich werde Stunden geben, um auch zu verdienen; ich werde noch dazulernen, was mir fehlt, und dann kann ich Unterricht geben . . .«

»Natürlich, das wird vortrefflich gehen . . . und ich werde bald Zulage erhalten, Nasstenka . . «

»Dann werden Sie also schon morgen unser Mieter sein!«

»Ja, und dann fahren wir in die Oper und hören den „Barbier von Sevilla", denn er wird bald wieder gegeben werden.«

»Ja, fahren wir!« sagte Nasstenka lachend, »oder nein, lieber nicht zum „Barbier von Sevilla", sondern wenn etwas anderes gegeben wird . . .«

»Gut, also zu einer anderen Aufführung. Natürlich, das wird auch viel besser sein, ich dachte im Augenblick nicht daran . . .«

Und wir sprachen und gingen: alles war wie ein Rausch – als hielte uns ein Nebel umfangen und als wüßten wir selbst nicht, was mit uns geschah. Bald blieben wir stehen und sprachen lange Zeit stehend auf einem Fleck, bald gingen wir wieder und gingen Gott weiß wie weit, ohne es zu bemerken, immer unter Lachen und Weinen . . . Bald wollte Nasstenka plötzlich unbedingt nach Haus, und ich wagte nicht, sie zurückzuhalten, und wir machten uns schon auf den Weg; nach einer Viertelstunde aber bemerkten wir plötzlich, daß wir wieder auf unserer Bank am Kai angelangt waren. Bald seufzte sie tief auf, und ein Tränchen rollte über ihre Wange – ich sah sie erschrocken und verzagt an . . . Da drückte sie mir schon von neuem die Hand, und wir gingen abermals und sprachen weiter . . .

»Aber jetzt ist es Zeit, jetzt ist es wirklich Zeit, daß ich nach Hause gehe! Ich glaube, es ist schon sehr spät«, sagte Nasstenka endlich entschlossen, »wir dürfen nicht gar zu kindisch sein!«

»Ja, Nasstenka, aber schlafen werde ich heute doch nicht mehr. Ich gehe überhaupt nicht nach Hause.«

»Ich werde, glaube ich, auch nicht einschlafen. Aber Sie müssen mich noch begleiten . . .«

»Selbstverständlich!«

»Aber diesmal drehen wir nicht mehr um, hören Sie?«

»Nein, diesmal nicht ...«

»Ehrenwort? ... Denn einmal muß man doch wirklich nach Hause gehen!«

»Also: mein Ehrenwort, diesmal wird es ernst«, sagte ich lachend ...

»Nun, gehen wir!«

»Gehen wir.«

»Sehen Sie den Himmel, Nasstenka, schauen Sie hinauf! Morgen werden wir einen wundervollen Tag haben ... Wie blau der Himmel ist, und sehen Sie nur den Mond! Diese kleine gelbe Wolke wird ihn gleich verdecken ... sehen Sie, sehen Sie! ... Nein, sie gleitet am Rand vorüber ... Sehen Sie doch, sehen Sie! ...«

Doch Nasstenka sah weder die Wolke noch den Himmel – sie stand wie erstarrt neben mir und dann schmiegte sie sich plötzlich mit einer seltsamen Verzagtheit an mich, immer fester, als suche sie Schutz, und ihre Hand erzitterte in meiner Hand. Ich sah sie an ... noch schwerer stützte sie sich auf mich.

In diesem Augenblick ging ein junger Mann an uns vorüber – er sah uns scharf an, zögerte, blieb stehen und ging ein paar Schritte weiter. Mein Herz erbebte ...

»Nasstenka, wer ist das?« fragte ich leise.

»Das ist *er*!« flüsterte sie und klammerte sich zitternd an meinen Arm. Ich hielt mich kaum auf den Füßen.

»Nasstenka! Nasstenka! Bist du es?« erscholl es da plötzlich hinter uns. Zugleich trat der junge Mann wieder ein paar Schritte näher ...

Mein Gott, was klang aus diesem Ruf! Wie sie zusammenfuhr! Wie sie sich von mir losriß und ihm entgegeneilte! ... Ich stand und sah zu ihm hinüber, stand und sah ... Doch kaum hatte sie ihm die Hand gereicht, kaum hatte er sie in seine Arme geschlossen, da befreite sie sich schon von ihm und ehe ich mich dessen versah, stand sie wieder vor mir, umschlang mit beiden Armen fest meinen Hals und drückte mir einen heißen Kuß auf die Lippen. Dann, ohne mir ein Wort zu sagen, lief sie zu ihm zurück, erfaßte seine Hände und zog ihn fort.

Lange stand ich und sah ihnen nach ... bald waren sie meinen Blicken entschwunden.

Der Morgen

Meine Nächte endeten mit einem Morgen. Der Tag war unfreundlich: es regnete und die Tropfen schlugen in eintöniger Wehmut an meine Fensterscheiben; im Zimmer war es düster, wie gewöhnlich an Regentagen, und draußen trübe. Mein Kopf schmerzte, mich schwindelte, und das Fieber einer Erkältung schlich durch meine Glieder.

»Ein Brief, Herr, durch die Stadtpost, der Postbote hat ihn gebracht«, sagte Matrjona.

»Ein Brief! Von wem?«

»Ja, das kann ich Ihnen nicht sagen, Herr; sehen Sie nach, vielleicht steht es drin, von wem er ist.«

Ich erbrach das Siegel. Der Brief war von ihr.

»Oh, verzeihen Sie, verzeihen Sie mir!« schrieb mir Nasstenka. »Auf den Knien bitte ich Sie, mir nicht böse zu sein! Ich habe Sie wie mich selbst getäuscht. Es war ein Traum, eine Täuschung ... Der Gedanke an Sie macht mich jetzt krank vor Qual. Verzeihen Sie, oh, verzeihen Sie mir! ...

Beschuldigen Sie mich nicht, denn was ich für Sie empfand, empfinde ich auch jetzt noch: ich sagte Ihnen, ich würde Sie lieben, und ich liebe Sie auch jetzt, ja: ich empfinde für Sie jetzt noch viel mehr als Liebe. Gott, wenn ich Sie doch beide lieben könnte! Oh, wenn Sie und er doch *ein* Mensch wären!

Gott sieht und weiß, was ich alles für Sie tun würde! Ich weiß, daß Sie nun schwer zu tragen haben und daß Sie traurig sind. Ich habe Sie gekränkt und habe Ihnen weh getan, aber Sie wissen doch – wenn man liebt, gedenkt man der Kränkung nicht lange. Sie aber lieben mich doch!

Ich danke Ihnen! Ja! Ich danke Ihnen für diese Liebe. Denn in meiner Erinnerung wird sie mich durchs ganze Leben begleiten wie ein süßer Traum, den man auch nach dem Erwachen nimmer vergessen kann. Nein, nie werde ich vergessen, wie Sie mir so brüderlich Ihr Herz offenbarten und in Ihrer Güte für Ihr ganzes Herz mein krankes, verwundetes annahmen, um es mit Zartheit und Liebe zu pflegen und wieder gesund zu machen ... Wenn Sie mir verzeihen, wird die Erinnerung an Sie sich verklären durch das Gefühl ewiger Dankbarkeit, die in meiner Seele niemals erlöschen kann. Und diese Erinnerung werde ich heilig halten und nie vergessen, denn mein Herz ist treu. Es ist auch gestern nur zu dem zurückgekehrt, dem es von jeher gehörte.

Wir werden uns wiedersehen. Sie werden zu uns kommen, Sie werden uns nicht verlassen, werden ewig unser Freund sein und mein Bruder ... Und wenn wir uns wiedersehen, dann geben Sie mir Ihre Hand – ja? Sie werden sie mir entgegenstrecken, wenn Sie mir verziehen haben, nicht wahr? Sie lieben mich doch unverändert?

Ja, lieben Sie mich, verlassen Sie mich nicht, denn jetzt liebe ich Sie so tief, weil ich Ihrer Liebe würdig sein will, weil ich sie verdienen will ... mein lieber Freund! In der nächsten Woche wird unsere Hochzeit sein. Er ist voll Liebe zu mir zurückgekehrt; er hat mich niemals vergessen ... Seien Sie nicht böse, daß ich von ihm geschrieben habe. Aber ich will mit ihm zu Ihnen kommen, und Sie werden ihn auch liebgewinnen, nicht wahr?

So verzeihen Sie mir denn und vergessen Sie mich nicht und behalten Sie lieb Ihre

Nasstenka.«

Lange las ich diesen Brief, las ihn immer wieder, und Tränen traten mir in die Augen; schließlich entfiel er meiner Hand, und ich vergrub mein Gesicht in den Händen.

»Nun, Herr, sehen Sie denn gar nichts«, hörte ich nach einer Weile Matrjonas Stimme.

»Was, Alte?«

»Nu, ich hab' doch das Spinngewebe von überall runtergeholt, können jetzt heiraten, wenn Sie wollen, können Gäste einladen, wenn's Ihnen einfällt, mir soll's recht sein ...«

Ich sah sie an. Sie ist eine rüstige, noch junge Alte, aber ich weiß nicht, weshalb ich sie plötzlich mit erloschenem Blick, mit tiefen Runzeln im Gesicht, alt und gebrechlich vor mir zu sehen glaubte ... Ich weiß nicht, weshalb es mir plötzlich schien, daß auch mein Zimmer um ebensoviel Jahre älter geworden sei wie sie. Die Farbe der Wände sah ich verblichen, an der Zimmerdecke sah ich noch mehr Spinngewebe als sich bisher dort angesammelt hatte. Ich weiß nicht, weshalb es mir, als ich durch das Fenster hinausblickte, schien, als ob das Haus gegenüber gleichfalls gealtert sei, trübseliger und baufälliger geworden; die Stuckatur von den Säulen abgebröckelt, die Karniese rissig und geschwärzt und die hellblauen Wände fleckig und schmutzig.

Vielleicht war der Sonnenstrahl daran schuld, der plötzlich durch die Wolken brach, um sich gleich wieder hinter einer noch dunkleren Regenwolke zu verstecken, so daß alles noch trüber, düsterer wurde ... Oder hatten meine Augen in meine Zukunft geschaut und etwas Ödes, Trauriges in ihr erblickt, etwa mich selbst, wie ich jetzt bin, nur um fünfzehn Jahre älter, in demselben Zimmer, ebenso einsam, mit derselben Matrjona, die in all den Jahren doch um nichts klüger geworden ist ...?

Aber die Kränkung nicht verzeihen, Nasstenka, dein helles seliges Glück mit dunklen Wolken trüben, dir Vorwürfe machen, damit dein Herz sich quäle und gräme und kummervoll poche, während es doch nichts soll als jauchzen vor Seligkeit, oder auch nur ein Blatt der zarten Blüten, die du zur Trauung mit ihm in deine braunen Locken flichst, mit rauher Hand berühren ... o nein, Nasstenka, das werde ich nie, nie! Möge dein Leben Glück sein, so hell und lieb wie dein Lächeln, und sei gesegnet für den Augenblick der Seligkeit und des Glücks, den du einem anderen einsamen, dankbaren Herzen gegeben hast!

Mein Gott! Einen ganzen Augenblick der Seligkeit! Ja, ist denn das nicht genug für ein ganzes Menschenleben? ...

Die Sanfte

Eine phantastische Erzählung

Eine Vorbemerkung vom Verfasser

Ich bitte meine Leser um Entschuldigung, daß ich diesmal statt des »Tagebuchs«[1] in seiner gewohnten Form nur eine Novelle bringe. Aber ich bin tatsächlich den größten Teil des Monats mit dieser Novelle beschäftigt gewesen. Jedenfalls möchte ich die Leser deshalb um Nachsicht bitten.

Jetzt zur Novelle selbst.

Ich habe sie im Titel eine »phantastische« Erzählung genannt, obschon ich sie selbst für im höchsten Grade wirklichkeitsgetreu halte. Trotzdem aber ist doch auch etwas Phantastisches an ihr, und zwar in der Form der Erzählung, was hier im voraus näher zu erklären mir nötig scheint.

Die Sache ist nämlich die, daß es sich hierbei weder um eine Erzählung handelt noch um Aufzeichnungen. Man stelle sich vielmehr einen Mann vor, dessen Frau – eine Selbstmörderin, die sich erst vor wenigen Stunden aus dem Fenster gestürzt hat – im Gastzimmer seiner Wohnung aufgebahrt liegt. Er ist erschüttert, erregt, und hat noch nicht Zeit gehabt, seine Gedanken zu sammeln. Er geht in den Zimmern umher und bemüht sich, das Geschehene zu begreifen, »seine Gedanken auf einen Punkt zu konzentrieren«. Zudem ist er ein eingefleischter Hypochonder, einer von jenen, die hörbar mit sich selbst sprechen. Und so spricht er denn mit sich selbst, berichtet sich gewissermaßen den Sachverhalt, sucht ihn sich zu e r k l ä r e n. Trotz der scheinbaren Folgerichtigkeit seines Redens, widerspricht er sich doch mehrmals, und das sowohl in der Logik wie auch in den Gefühlen. Bald versucht er nur, sich zu rechtfertigen, bald beschuldigt er sie allein und ergeht sich in nebensächlichen Erklärungen: hierbei kommt mitunter eine gewisse Roheit des Denkens und Empfindens zum Vorschein, aber mitunter auch tiefes Gefühl. Nach und nach beginnt sich ihm der Sachverhalt wirklich zu klären, und es gelingt ihm, seine Gedanken »auf einen Punkt zu konzen-

trieren«. Eine Reihe von ihm heraufbeschworener Erinnerungen führt ihn zu guter Letzt unabwendbar zur Wahrheit hin; diese Wahrheit läutert unwiderstehlich seinen Verstand und sein Herz. Zum Schluß hin verändert sich selbst der Ton des ganzen Monologs im Vergleich zu seinem verworrenen, sprunghaften Anfang. Die Wahrheit offenbart sich dem Unglücklichen ziemlich klar und eindeutig, wenigstens für ihn selbst.

Das also ist das Thema. Natürlich zieht sich dieses Selbstgespräch durch mehrere Stunden hin, mit den Abschweifungen und dem Hin und Her in fast verwirrender Form: bald spricht er zu sich selbst, bald wiederum wendet er sich gleichsam an einen unsichtbaren Zuhörer, wie an einen Richter. Aber so pflegt es ja in der Wirklichkeit immer zu sein. Wenn ein Stenograph ihn hätte belauschen und alles wortwörtlich nachschreiben können, so wäre das Ergebnis noch ein wenig holperiger, noch sprunghafter ausgefallen, als es hier von mir wiedergegeben ist; allein die psychologische Reihenfolge würde, wie mir scheint, vielleicht doch die gleiche sein. Eben diese Annahme eines alles nachschreibenden Stenographen (dessen Niederschrift ich zu meiner Bearbeitung benutzt hätte) wäre nun das, was ich an dieser Erzählung phantastisch nenne. Aber teilweise Ähnliches ist ja in der Kunst schon mehr als einmal angewandt und zulässig befunden worden: so hat sich zum Beispiel Victor Hugo in seinem Meisterwerk »Der letzte Tag eines zum Tode Verurteilten« nahezu den gleichen Kunstgriff erlaubt, und wenn er auch keinen Stenographen erwähnt, so hat er doch eine noch viel größere Unwahrscheinlichkeit vorausgesetzt, indem er annimmt, daß ein zur Hinrichtung Verurteilter nicht nur an seinem letzten Tage, sondern auch noch in seiner letzten Stunde, ja, selbst in seiner buchstäblich letzten Minute Aufzeichnungen machen könne (und die Zeit dazu habe). Hätte er aber auf diese phantastische Voraussetzung verzichtet, so wäre ja das ganze Werk gar nicht zustande gekommen, – und doch ist es das realistischste und wahrste von seinen Werken.

ERSTES KAPITEL

Wer ich war und wer sie war

... Solange sie hier liegt, ist ja noch alles gut: jeden Augenblick kann ich zu ihr gehen und sie ansehen ... Aber morgen, wenn man sie forträgt, wie ... wie soll ich dann allein bleiben? Sie liegt jetzt im Gastzimmer auf dem Tisch: man hat dort zwei L'hombre-Tische zusammengeschoben; den Sarg wird man erst morgen bringen, einen weißen, mit weißem Seidenrips ausgeschlagen ... Übrigens nicht davon wollte ich jetzt ... Ich gehe die ganze Zeit umher und versuche, mir das alles zu erklären. Schon sechs Stunden mühe ich mich damit ab, kann aber meine Gedanken noch immer nicht zusammenhalten. Es ist ja nur, weil ich ununterbrochen gehe, und gehe, und gehe ... Das war nämlich so. Der Reihenfolge nach! (Die Ordnungsliebe!) Ach, meine Herrschaften, ich bin bei weitem kein Schriftsteller, und Sie werden das ja selbst merken, aber gleichviel, ich werde es so erzählen, wie ich es verstehe. Das, gerade das ist ja das Entsetzliche, daß ich alles verstehe!

Das war, wenn Sie es genau wissen wollen, – das heißt, wenn ich ganz vom Anfang beginnen soll: sie kam damals einfach zu mir, um ihre Sachen zu versetzen und danach in der Zeitung annoncieren zu können, nun, daß, so und so, eine Gouvernante eine Stelle suchte, ginge auch nach auswärts, würde aber auch außer dem Hause Stunden geben und so weiter, und so weiter. Das war ganz zu Anfang, und sie fiel mir natürlich nicht besonders auf: sie kam, wie alle anderen gleichfalls kamen; und das war alles. Dann aber begann ich sie doch von den anderen zu unterscheiden. Sie war so feingliedrig, mittelgroß, blond, und im Verkehr mit mir immer unbeholfen, gleichsam verlegen. (Ich glaube, sie ist allen

Fremden gegenüber ebenso gewesen, und ich war ihr natürlich genauso gleichgültig wie dieser oder jener, versteht sich: als Mensch betrachtet, nicht als Pfandleiher.) Sowie sie das Geld bekommen hatte, drehte sie sich sofort um und ging. Und dabei immer ohne ein Wort zu sagen. Andere bitten noch, feilschen, wollen mehr haben; sie aber nicht, sie nahm, was man ihr gab ... Mir ist, als würfe ich alles durcheinander ... Ja! Zuerst wunderten mich ihre Sachen: kleine silbervergoldete Ohrringe, ein billiges altes Medaillon, – Sachen zu zwanzig Kopeken. Sie wußte es auch selbst, daß so etwas für mich keinen Wert hatte, doch konnte ich ihrem Gesicht ansehen, wie wertvoll diese Dinge für sie trotzdem waren, – und tatsächlich, hab's später erfahren: das war alles, was sie noch von den Eltern besaß. Nur einmal erlaubte ich mir, über ihre Sachen zu lächeln. Das heißt, sehen Sie, ich erlaube mir so etwas nie, ich gehe mit dem Publikum stets taktvoll um: wenig Worte, höflich und streng. Ja, »Strenge! Strenge!« ist meine erste Regel. Als sie es aber einmal wirklich für möglich hielt, mir die Überreste – ja, buchstäblich – die Überreste einer alten Hasenfelljacke zu bringen, nun, da konnte ich mich nicht beherrschen und erlaubte mir, so etwas wie eine spitze Bemerkung fallen zu lassen. Herrgott, wie sie zusammenfuhr und rot wurde! Sie hatte blaue Augen, große, nachdenkliche, – wie die aufblitzten! Aber sie sagte kein Wort, nahm ihre »Überreste« und – ging. Da war es denn, daß ich sie zum erstenmal *besonders* bemerkte und etwas in der Art von ihr dachte, wollte sagen, gerade so etwas in gewissem Sinne ... Ja! ich erinnere mich noch eines Eindruckes, wenn Sie wollen, des Haupteindruckes, der Synthese des Ganzen: daß sie furchtbar jung war, so jung, daß man sie für vierzehnjährig halten konnte, während sie damals doch schon fast sechzehn Jahre alt war, es fehlten nur noch drei Monate ... Übrigens wollte ich nicht das sagen, nicht darin lag die Synthese, die ich meine. Am nächsten Tage kam sie wieder. Später erfuhr ich, daß sie auch bei den anderen Pfandleihern, bei Dobronráwoff und bei Moser, mit diesen Überresten ihrer Hasenfelljacke gewesen war; die aber nehmen außer Gold überhaupt nichts an, haben sie nicht einmal zu Wort kommen lassen. Ich aber hatte von ihr einmal eine Kamee angenommen (ein wertloses Ding) und als ich damals, nachdem es schon geschehen war, nachdachte, wunderte ich mich noch selbst darüber: ich nehme doch außer Gold und Silber auch nichts an, von ihr aber hatte ich diese Kamee angenommen! Das – ich weiß es noch genau – war der zweite Gedanke, den ich mir über sie machte.

Das nächste Mal, also nach Moser, brachte sie eine Zigarrenspitze aus Bernstein, – kein übles Dingelchen, so'n Liebhabergegenstand, für mich aber wertlos, denn »wir nehmen ja nur Gold«, wie gesagt. Sie kam also wieder nach der gestrigen Revolte; ich empfing sie daher mit strenger Miene. Meine Strenge ist: Trockenheit. Doch als ich ihr die zwei Rubel dafür gab, konnte ich mich nicht enthalten, ihr, gewissermaßen als ob ich gereizt wäre, zu sagen: »Ich tue es ja nur *für Sie,* Moser würde so etwas gar nicht annehmen.« Die Worte »für Sie« betonte ich besonders und gerade so in einem *gewissen* Sinne. Es ärgerte mich. Sie flammte wieder auf, als sie dieses »für Sie« hörte, schwieg aber, warf das Geld nicht hin, nahm's ... Ja, ja: die Armut! Wie sie aber rot wurde! Ich begriff, daß ich sie verletzt hatte. Als sie fort war, fragte ich mich: also ist dir dieser Triumph über das kleine Ding wirklich zwei Rubel wert? Hehehe! Ich weiß: noch zweimal stellte ich mir diese Frage »Ist er's wert? Ist er's?« Und lachend bejahte ich sie. Wurde damals schon gar zu heiter. Aber das war kein schlechtes Gefühl: ich tat's doch mit Absicht, mit Absicht! Ich wollte sie prüfen, denn mir waren plötzlich in bezug auf sie gewisse Gedanken gekommen. Das war das dritte Mal, daß ich mir *besondere* Gedanken über sie machte.

... Nun eben von da ab hat dann das Ganze begonnen. Selbstverständlich bemühte ich mich sofort, auf Umwegen Näheres über sie zu erfahren; wartete auch mit besonderer Ungeduld auf ihr nächstes Erscheinen. Ich ahnte ja, daß sie bald kommen werde. Als sie kam, knüpfte ich ein liebenswürdiges Gespräch mit ihr an, natürlich ungemein höflich. Bin doch gut erzogen, habe gute Manieren ... Hm! ... Da erriet ich denn, daß sie gutmütig und sanft war. Gutmütige und sanfte Menschen widersetzen sich nicht lange, und wenn sie auch nicht gleich sehr mitteilsam sind, so verstehen sie doch nicht, dem Gespräch auszuweichen: sie antworten wortkarg, aber sie antworten, und je weiter, desto mehr, man muß nur selbst nicht müde werden, wenn einem an dem Gespräch etwas gelegen ist. Natürlich hat sie mir damals nichts gesagt. Auch das von den Annoncen in der Zeitung „Die Stimme" und alles übrige erfuhr ich erst später. Sie annoncierte damals noch für ihre letzten Kopeken, zuerst selbstverständlich ganz stolz: »Gouvernante sucht Stelle, auch auf dem Lande. Angebote in geschlossenem Brief erbeten —« usw., usw.; dann aber: »zu allem bereit, zu unterrichten, als Gesellschafterin, nach dem Haushalt zu sehen, oder Kranke zu pflegen; verstehe auch zu nähen ...« und wie das so annonciert wird, man kennt das ja! Das wurde natürlich erst von Fall zu Fall anspruchsloser; zum Schluß aber, als die Verzweiflung kam, da hieß es sogar: »ohne Gehalt, für Kost und Logis«. Nein, sie fand keine Stelle! Da beschloß ich, sie noch einmal zu prüfen: plötzlich nehme ich die letzte Nummer der „Stimme" und zeige ihr eine Annonce: „Junge Person, Ganzwaise, sucht Gouvernantenstelle zu kleinen Kindern, am liebsten bei älterem Witwer. Kann auch im Haushalt helfen."

»Sehen Sie«, sagte ich, »die hat heute früh annonciert und zum Abend wird sie sicher eine Stelle gefunden haben. Sehen Sie, so muß man annoncieren!«

Wieder wurde sie feuerrot und wieder blitzten ihre Augen auf; sie drehte sich sofort um und ging. Das gefiel mir sehr. Übrigens war ich damals schon sicher und befürchtete nichts mehr: Zigarrenspitzen wird niemand annehmen. Sie aber besaß selbst die nicht mehr. So war es denn auch: am dritten Tage kam sie wieder, ganz bleich und aufgeregt — ich begriff sofort, daß bei ihr zu Hause etwas Schlimmes vorgefallen sein mußte, und so verhielt es sich auch in der Tat. Ich werde später erzählen, wozu es gekommen war, jetzt aber will ich mich erst erinnern, wie ich ihr damals mit einem Mal imponierte, in ihren Augen wuchs; und zwar faßte ich diesen Entschluß ganz plötzlich ... Richtig, so war's ... Sie brachte dieses Heiligenbild – hatte sich entschlossen, es zu bringen... Ja, richtig, jetzt fällt mir erst alles ein, warten Sie, warten Sie, vorhin war ich ja noch ganz konfus ... Jetzt aber möchte ich mich an alles wieder erinnern, an jede Einzelheit, jede Winzigkeit. Ich will die ganze Zeit meine Gedanken auf einen einzigen Punkt konzentrieren, und kann es nicht, aber diese kleinen Einzelheiten, diese Winzigkeiten ...

Es war ein Bild der Muttergottes. Die Jungfrau mit dem Kinde, ein Familienerbstück, ein altertümliches, die Verzierung aus vergoldetem Silber; wert – nun, sechs Rubel etwa. Ich sehe, sie hängt an diesem Heiligenbild, versetzt es als Ganzes, ohne die silberne Verzierung abzunehmen. Ich fragte, ob es nicht besser wäre, man nähme das Silber ab, dann könnte sie das Bild wieder mitnehmen; denn sonst ... ein Heiligenbild zu versetzen, das sei doch immerhin ...

»Dürfen Sie es nicht annehmen als Pfand? Ist es Ihnen verboten?«

»Nein, nicht daß es verboten wäre, ich meinte nur, daß es vielleicht Ihnen selbst ...«

»Nun gut, nehmen Sie das Silber ab.«

»Wissen Sie was, ich werde es lieber nicht abnehmen; ich werde das Bild dort in meinen Heiligenschrein stellen«, sagte ich, nachdem ich einen Augenblick überlegt hatte, »zu den anderen Heiligenbildern, hinter das Lämpchen« (seitdem ich mein Pfandgeschäft eröffnet hatte, brannte das Lämpchen bei mir Tag und Nacht vor dem Heiligenschrein) »und nehmen Sie einfach zehn Rubel.«

»Zehn brauche ich nicht, geben Sie mir fünf, ich werde es ganz bestimmt auslösen.«

»Sie wollen nicht zehn? Soviel ist es wert«, fügte ich hinzu, da es in ihren Augen wieder aufblitzte.

Sie schwieg. Ich brachte ihr fünf Rubel.

»Verachten Sie niemanden ... ich bin selbst in Verlegenheit gewesen, ja, in noch schlimmerer, und wenn Sie mich jetzt bei dieser Beschäftigung sehen, ... so ist das doch, nach allem, was ich durchgemacht habe ...«

»Sie wollen sich an der Gesellschaft rächen? Ja?« unterbrach sie mich plötzlich mit ziemlich deutlichem Spott, der aber eigentlich fast harmlos wirkte (das heißt, unpersönlich, denn damals unterschied sie mich bestimmt noch nicht von den anderen, so daß sie es fast unverletzend sagte).

‚Aha!' dachte ich, ‚also so eine bist du! Der Charakter tut sich kund, hm, gehörst also auch zur neuen Richtung.'

»Sehen Sie«, bemerkte ich sofort halb scherzend, halb geheimnisvoll, »ich bin ein Teil von jener Kraft, die stets das Böse will und stets das Gute schafft ...«

Sie blickte schnell und mit großer Neugier, in der viel Kindliches lag, zu mir auf.

»Warten Sie ... Was ist das für ein Zitat? Woher stammt dieser Ausspruch? Ich habe ihn irgendwo gehört ...«

»Oh, zerbrechen Sie sich nicht den Kopf darüber; mit diesen Worten stellt sich Mephistopheles dem Faust vor. Haben Sie den „Faust" gelesen?«

»N ... n ... nicht aufmerksam ...«

»Das heißt wohl soviel, daß Sie ihn noch gar nicht gelesen haben. Das sollten Sie aber tun. Übrigens bemerke ich, daß Sie wieder spöttisch zu lächeln belieben. Bitte glauben Sie nicht, ich wäre so geschmacklos, meine Rolle als Pfandleiher durch die Rekommandation Mephistos verschönen zu wollen. Ein Pfandleiher bleibt Pfandleiher. Das weiß man doch.«

»Wie ... wie kommen Sie darauf ... Ich habe gar nicht so etwas sagen wollen ...«

Sie hatte sagen wollen: »Ich hätte nicht gedacht, daß Sie ein gebildeter Mensch sind«, aber sie hatte es nicht ausgesprochen; dafür wußte ich, daß sie es gedacht hatte; jedenfalls schien ihr meine Bemerkung sehr gefallen zu haben.

»Sehen Sie«, sagte ich, »auf jedem Gebiet kann man Gutes tun. Ich rede natürlich nicht von mir: ich tue, sagen wir, überhaupt nur Böses, allein ...«

»Natürlich kann man überall Gutes tun«, stimmte sie eifrig bei und sah mich dabei so aufrichtig an. »Selbstverständlich auf jedem Gebiet«, fügte sie plötzlich noch hinzu.

Oh, ich weiß noch, ich erinnere mich noch deutlich dieser Augenblicke! Wenn diese Jugend, diese liebe Jugend etwas Kluges und Durchdachtes sagen will, dann kann man auf ihrem naiven und aufrichtigen Gesicht förmlich lesen, was sie dabei denkt: ‚Siehst du, jetzt sage ich dir etwas Kluges, von mir selbst schon Durchdachtes!' Und nicht, daß sie es etwa aus Eitelkeit täte, wie zum Beispiel unsereiner! Man sieht es ja, daß diese Jugend all das selbst furchtbar hochschätzt und daran glaubt, und daß sie denkt, man achte es gleichfalls ganz so wie sie. O Aufrichtigkeit! Das ist's ja, womit diese Jugend besticht! ... Und wie reizend war das an ihr!

Ich weiß es noch, habe nichts vergessen! Als sie hinausgegangen war, faßte ich mit einem Mal meinen Entschluß. Am gleichen Tage erfuhr ich noch die letzten Einzelheiten über sie, ihre Umgebung und ihre Verhältnisse; das meiste wußte ich bereits durch Lukérja, die damals in Stellung bei ihnen war und die ich schon vor ein paar Tagen bestochen hatte. Was ich erfuhr, war so schrecklich, daß ich nicht begriff, wie man noch, wie sie vorhin, lächeln und sich für Mephistos Worte interessieren konnte, wenn man selbst unter solchem seelischen Druck lebte! Aber das ist eben die Jugend! Gerade das dachte ich damals stolz und freudig über sie, denn hierbei war doch auch Hochherzigkeit zu erkennen: selbst steht sie am Rande des Verderbens, aber die großen Worte Goethes strahlen für sie trotzdem. Die Jugend ist eben immer hochherzig, – wenn auch manchmal nur hauchzart und in falscher Richtung. Das heißt, ich spreche ja nur von ihr, von ihr allein. Und vor allen Dingen, damals betrachtete ich sie schon als die *Meine* und zweifelte nicht mehr an meiner

Macht über sie ... Wissen Sie, wunderwunderbar ist dieser Gedanke, wenn man schon nicht mehr zweifelt ...

Aber was ist mit mir los, wohin gerate ich! Wenn ich so fortfahre, wann werde ich dann alles klar zusammenfassen, auf den Kern kommen? Schneller, schneller, es handelt sich doch gar nicht um diese Nebendinge, o Gott!

II

Der Heiratsantrag

Das Nähere, das ich über sie erfuhr, ist kurz folgendes: ihre Eltern waren schon tot, vor drei Jahren gestorben, und sie war bei unordentlichen Tanten zurückgeblieben. Es ist eigentlich viel zu milde, diese Tanten bloß unordentlich zu nennen. Die eine war Witwe, hatte sechs kleine Kinder; die andere war eine abscheuliche alte Jungfer. Abscheulich waren sie übrigens beide. Ihr Vater war Beamter gewesen ... Mit einem Wort: alles war günstig für mich. Ich kam wie aus einer höheren Welt: immerhin war ich ehemaliger Hauptmann eines glänzenden Regiments, wenn auch jetzt außer Diensten, war Edelmann, unabhängig usw., und was meine Pfandkasse anbetrifft, so konnte diese den Tanten nur imponieren. Bei den Tanten war sie drei Jahre lang in der Sklaverei gewesen; trotzdem hatte sie irgendwo das Examen bestanden, hatte es fertiggebracht, das Examen zu bestehen, sich die Zeit dazu abgespart von ihrer tagtäglichen unbarmherzigen Hausarbeit; das aber hatte doch etwas zu bedeuten, solch ein Streben von sich aus nach dem Höheren und Edleren! Warum wollte ich sie denn heiraten? Ach, übrigens, zum Teufel mit mir, davon später ... Und handelt es sich denn darum! – Die Kinder der Tante mußte sie unterrichten, Wäsche flicken und waschen und zum Schluß sogar (sie mit ihrer zarten Brust!) die Dielen scheuern. Und zum Lohn dafür haben sie ihr noch ihr tägliches Stück Brot vorgehalten und zu guter Letzt sie sogar geschlagen. Es endete damit, daß sie sie einfach zu verkaufen beschlossen. Pfui Teufel! Den Schmutz der Einzelheiten übergehe ich lieber ... Später hat sie mir alles ausführlich erzählt.

Das alles beobachtete ein ganzes Jahr lang ein dicker Krämer aus der Nachbarschaft, aber kein gewöhnlicher, sondern einer, der zwei Kolonialwarenhandlungen besaß. Er hatte schon zwei Frauen unter die Erde gebracht und suchte nun die dritte; und da war denn seine Wahl auf sie gefallen. Er sagte sich wohl: »Sie ist still und sanft, in Armut aufgewachsen, ich aber heirate nur, um meinen verwaisten Kindern eine Mutter zu geben« ... Er hatte tatsächlich Kinder von den beiden ersten Frauen. So freite er denn um sie, kam mit den Tanten überein. Dabei war er fünfzig Jahre alt. Sie war entsetzt! Und eben in dieser Zeit begann sie dann, bei mir ihre Sachen zu versetzen, um in der „Stimme" annoncieren zu können. Schließlich bat sie die Tanten, man möge ihr doch noch ein wenig, ein klein wenig Zeit zum Nachdenken lassen. Nun, die ließ man ihr denn, aber nur ganz kurz, gab ihr bald wieder keine Ruhe: »Wissen auch ohne deinen überzähligen Mund nicht, was wir selber essen sollen.«

Das alles wußte ich bereits, als ich meinen Entschluß faßte, – nach einem Gespräch am Vormittag. Am Abend dieses Tages aber war gerade der Kaufmann zu ihnen gekommen und hatte aus seinem Geschäft ein Pfund Konfekt – zu 50 Kopeken – mitgebracht. Sie saß mit ihm im Gastzimmer, ich aber rief Lukérja aus der Küche und sagte dieser, sie solle zu *ihr* gehen und ihr heimlich zuflüstern, daß ich an der Hoftür sei und ihr etwas sehr Wichtiges zu sagen wünschte. Ich war zufrieden mit mir. Überhaupt war ich an jenem ganzen Tage ungemein zufrieden.

Und dort an der Hoftür erklärte ich ihr – die allein schon deswegen ganz erstaunt war, weil ich, ein ihr sonst völlig fremder Mensch, sie plötzlich hatte rufen lassen – in Lukérjas Gegenwart, daß ich mich glücklich schätzen und es mir als Ehre anrechnen würde usw. ... Zweitens: sie solle sich nicht über mein Verhalten wundern, und daß ich an der Hoftür, usw., kurz: »ich bin ein offenherziger Mensch, trage den Umständen Rechnung ...« Und ich log nicht, als ich sagte, daß ich offenherzig sei. Nun, zum Teufel damit! Ich sprach doch nicht nur wie es sich gehört und wie ein wohlerzogener Mensch, sondern auch originell, das aber ist doch sehr wichtig. Wie? – ist's denn etwa Sünde, das zu bekennen? Ich will mein eigener Richter sein; ich muß also pro und contra reden, und deshalb sei es gesagt. Auch später habe ich mich dessen immer mit Genugtuung erinnert, wenn das auch dumm war. Ich erklärte ihr damals unumwunden, ohne jede Verlegenheit, daß ich, erstens, nicht besonders talentiert, nicht besonders klug, vielleicht sogar nicht einmal besonders gut, ein ziemlich billiger Egoist sei (hab' noch den Ausdruck behalten, hatte ihn mir unterwegs ausgedacht und war mit ihm zufrieden), und es sehr, sehr leicht möglich sei, daß ich auch in anderen Beziehungen sehr viel Unangenehmes an mir hätte. Das wurde alles mit einer bestimmten Art von Stolz bekannt – man weiß ja, wie so etwas gesagt wird. Selbstverständlich war ich nicht so geschmacklos, nachdem ich edelmütig meine Fehler aufgezählt hatte, nun auch meine guten Seiten hervorzuheben, wie etwa: »Dafür aber bin ich so und so und so.« Ich bemerkte sehr wohl, daß ihr noch furchtbar bange war, ließ mich aber doch nicht rühren; ja, im Gegenteil, ich verschlimmerte manches noch absichtlich: sagte ihr gerade heraus, daß sie immer satt zu essen haben würde, aber Theater, Bälle, Toiletten – davon werde es nichts geben, vielleicht später einmal, wenn ich mein Ziel erreicht hätte. Dieser strenge Ton bezauberte mich förmlich. Ich fügte noch hinzu, gleichfalls so nebensächlich wie möglich, daß ich, wenn ich auch solch eine Beschäftigung gewählt hatte, es eben mit einem bestimmten Ziel getan, das heißt aus einem besonderen Grunde ... Glauben Sie mir, ich habe diese Pfandkasse die ganze Zeit doch selbst gehaßt, aber in Wirklichkeit, – wenn's auch lächerlich ist, in einem Gespräch mit sich selbst geheimnisvolle Andeutungen zu machen, aber: ich wollte mich doch wirklich »an der Gesellschaft rächen«. Ja, ja, wirklich, wirklich! So daß ihre spitze Bemerkung am Vormittag darüber, daß ich mich wohl rächen wolle, doch nicht so falsch gewesen war. Das heißt, sehen Sie mal: hätte ich ihr einfach gesagt: »Ja, ich räche mich an der Gesellschaft«, so hätte sie mich ausgelacht, wie vorhin am Morgen; und es wäre auch wirklich lächerlich gewesen. Mit einer indirekten Anspielung aber, mit so einer geheimnisvollen Andeutung, damit konnte man, wie sich erwies, leicht die Einbildungskraft bestechen. Zudem fürchtete ich damals ja schon nichts mehr: ich wußte doch, daß ihr der dicke Krämer jedenfalls widerlicher war als ich, und daß ich ihr, als ich an der Hoftür stand, buchstäblich als Retter erscheinen mußte. Das begriff ich doch. Oh, Gemeinheit begreift der Mensch immer vorzüglich! Aber war's denn wirklich Gemeinheit? Wie soll man nun als Richter das Urteil fällen über den Menschen? Habe ich sie denn nicht damals schon geliebt?

... Warten Sie: von einer Wohltat meinerseits sagte ich ihr damals natürlich kein Wort; im Gegenteil, oh, ganz im Gegenteil: *ich* bin's, dem sie eine Wohltat erweisen würde, nicht umgekehrt – was ich sogar in Worten aussprach; konnte mich nicht bezwingen und es kam vielleicht dumm heraus, denn ich bemerkte ein flüchtiges Zucken in ihrem Gesicht. Doch so im großen und ganzen hatte ich das Spiel gewonnen. Warten Sie ... wenn man sich schon einmal diese ganze Schändlichkeit ins Gedächtnis zurückruft, so will ich mich auch noch der letzten Schweinerei erinnern ... als ich so vor ihr stand ... schlich sich plötzlich ganz leise durch meine Gedanken: ‚Du bist groß, schlank, gut erzogen und schließlich, ganz ohne Prahlerei gesagt, siehst gut aus.' Das war's, das war's, was in jenem Augenblick in meinem Hirn spielte! Selbstverständlich gab sie mir noch dort unten an der Hoftür ihr Jawort. Aber ... aber ich muß hinzufügen: dort an der Hoftür dachte sie noch lange nach, bevor sie »ja« sagte. So tief, so tief dachte sie nach, daß ich schon beinahe fragen wollte: »Nun, wie?« – ja, richtig, ich tat's ja auch, konnt's nicht zurückhalten. »Nun, wie denn?« fragte ich, ja, ja, gerade mit »denn«, ich erinnere mich noch ganz genau! – »Warten Sie, ich muß nachdenken«, sagte sie ... Und solch ein ernstes Gesichtchen machte sie, solch ein ... daß ich schon damals hätte begreifen können! Ich aber fühlte mich gekränkt. ‚Sollte sie wirklich', dachte ich, ‚zwischen mir und dem Krämer noch schwanken?' Oh, damals begriff ich noch nichts! Nichts begriff ich damals! Bis auf den heutigen Tag habe ich nichts begriffen! Ich weiß noch: Lukérja kam mir nachgelaufen, hielt mich mitten auf der Straße an und sagte atemlos: »Gott wird's Ihnen lohnen, Herr, daß Sie unser liebes Fräuleinchen nehmen! Nur sagen Sie ihr das ja nicht, sie ist so stolz ...«

Nun ja, – stolz! Liebe gerade, dachte ich, die kleinen Stolzen. Die Stolzen sind ganz besonders schön, wenn ... nun, wenn man an seiner Macht über sie nicht mehr zweifelt, – wie? O niedriger, ungeschickter Mensch! Und wie zufrieden ich war! Wissen Sie, als sie damals an der Hoftür stand und nachdachte, ob sie »ja« sagen sollte oder nicht, und ich mich über ihr Bedenken wunderte, – wissen Sie auch, daß ihr damals sogar solch ein Gedanke hätte kommen können, wie: ‚Wenn schon einmal ins Unglück, hier wie dort, sollte es da nicht besser sein, das größere Unglück zu wählen, also den dicken Kaufmann? Mag der mich schneller in der Trunkenheit totprügeln!' – Wie? Meinen Sie nicht, daß ihr dieser Gedanke hätte kommen können?

Aber auch jetzt verstehe ich nicht ... selbst jetzt verstehe ich nichts! Soeben habe ich gesagt, daß ihr dieser Gedanke hätte kommen können: das größere Unglück zu wählen, das heißt: den Kaufmann. Wer aber war ihr damals widerlicher: ich oder der Kaufmann? Der Kaufmann oder der Goethe zitierende Pfandleiher? Das ist noch eine Frage! ... Was für eine Frage? Und das verstehst du nicht? Die Antwort liegt dort auf dem Tisch, du aber sagst, es sei noch eine Frage! Ach, zum Teufel mit mir! Nicht um mich handelt es sich jetzt ... Doch, bei der Gelegenheit: was ist denn jetzt für mich wichtig: handelt es sich nun um mich oder nicht um mich? Nein, diese Frage, die kann ich schon überhaupt nicht mehr beantworten ... Es ist besser, ich lege mich schlafen. Mein Kopf schmerzt ...

III

Bin der edelste Mensch, glaube es jedoch selbst nicht

Ich kann nicht einschlafen. Wie sollte ich auch, wenn mir die ganze Zeit das Blut im Kopfe pocht. Ich will das alles klarstellen, die ganze Schändlichkeit! Aus welch' einem Schmutz ich sie damals herauszog. Das mußte sie doch einsehen. Und meine Handlungsweise zu schätzen wissen! ... Auch gefielen mir verschiedene Gedanken, wie zum Beispiel, daß ich einundvierzig war, sie aber erst sechzehn. Es bezauberte mich geradezu, dieses Gefühl der Ungleichheit, so süß war es, so süß.

Ich wollte, zum Beispiel, daß die Trauung à l'anglaise stattfinde, mit höchstens zwei Zeugen, Lukérja und noch irgend jemand, und dann direkt in die Bahn und so auf zwei Wochen nach Moskau in ein Hotel (ich hatte dort gerade Geschäftliches zu erledigen). Sie aber widersetzte sich dem, erlaubte es nicht, und ich war gezwungen, zu den Tanten zu fahren, um ihnen, als Anverwandten, von denen ich sie erhielt, meine Aufwartung zu machen und um die Hand der Nichte anzuhalten. Schön, ich gab nach, und den Tanten wurde die nötige Ehrerbietung erwiesen, wie sich's gehört. Ich gab diesen Kreaturen sogar zweihundert Rubel, jeder von ihnen hundert, und versprach, noch mehr zu geben; versteht sich, ohne ihr etwas davon zu sagen, um sie nicht durch die Niedrigkeit ihrer Angehörigen zu betrüben. Die Tanten wurden natürlich sofort seidenweich. Es gab auch Streit wegen der Aussteuer: sie hatte nichts, fast buchstäblich nichts, aber sie wollte auch nichts haben. Es gelang mir jedoch, ihr klarzumachen, daß es ganz ohne Sachen nicht ginge, und so kaufte ich also die Aussteuer, denn wer hätte es sonst für sie getan? Nun, ach zum Teufel mit mir ... Immerhin fand ich noch Zeit, ihr einige meiner Ansichten auseinanderzusetzen, damit sie sie wenigstens kennenlernte. Vielleicht geschah das etwas übereilt. Das Wichtigste aber war, daß sie mir schon gleich im Anfang, wie sehr sie sich auch zusammennahm, ihre ganze Liebe überschwenglich entgegenbrachte. Wenn ich abends zu ihnen kam, empfing sie mich immer ganz begeistert, erzählte mir dann in ihrer kindlich-stockenden Weise (wie bezaubernd war diese Unschuld an ihr!) ihre ganze erste Jugend, erzählte von ihrem Elternhause, vom Vater und von der Mutter. Ich aber begoß diesen ganzen Rausch sofort mit kaltem Wasser. Gerade darin bestand ja mein Plan. Auf diesen Überschwang antwortete ich mit Schweigen, zwar mit wohlwollendem, natürlich, ... aber sie begriff doch bald, daß wir verschiedene Menschen waren und ich – eben ein Rätsel sei. Das aber wollte ich doch gerade, das bezweckte ich ja nur: ein Rätsel scheinen! Ja, vielleicht hatte ich die ganze Dummheit nur ausgedacht, um dieses Rätsel von ihr erraten zu lassen! Der erste Eindruck sollte sein: Strenge; damit führte ich sie in mein Heim. Kurz, schon damals dachte ich mir, obschon ich so zufrieden war, ein ganzes System aus. Oh, dieses System erdachte sich in mir eigentlich ganz von selbst, ohne jede Anstrengung. Und es war auch anders gar nicht möglich, ich mußte doch dieses System schaffen, – gezwungen durch eine unabweisbare Tatsache ... Ich weiß wirklich nicht, warum ich mich immer noch selbst verleumde! Das System war durchaus wahr. Nein, hören Sie mal, wenn man schon einmal einen Menschen richtet, dann muß man es mit Kenntnis aller Umstände tun ... Hören Sie also weiter.

... Wie soll man das eigentlich sagen? ... Das ist nämlich gar nicht so leicht. Sobald man sich rechtfertigen will, wird es sofort schwer. Sehen Sie: die Jugend verachtet zum Beispiel das Geld. Ich aber verlegte sofort das Schwergewicht auf das Geld, betonte es fortwährend, so daß sie mehr und mehr verstummte. Sie machte große, verwunderte Augen, hörte zu, sah mich an und – verstummte ... Sehen Sie: Jugend ist hochherzig, das heißt gute Jugend, hochherzig, aber heftig; hat wenig Duldsamkeit. Entspricht etwas nicht dem Ideal, so wird es sofort verachtet. Ich aber wollte ihr das »Alles-verstehen« unmittelbar ins Herz einimpfen, den umfassenderen Blick der Nachsicht, verstehen Sie? Nehmen wir nun ein triviales Beispiel: wie hätte ich diesem Charakter, sagen wir, meinen freiwillig erwählten Beruf erklären sollen? Ich fing natürlich nicht gleich an, davon zu sprechen; sonst hätte es ja geschienen, als ob ich seinetwegen um Verzeihung bäte. Ich aber verhielt mich stolz, sprach fast nur durch Schweigen. Oh, darin bin ich Meister! Habe mein ganzes Leben lang schweigend gesprochen, habe mit mir selbst ganze Tragödien schweigend durchgekämpft! Oh, auch *ich* war doch unglücklich! Ich war von allen verstoßen, verworfen und vergessen worden, und keiner, kein einziger wußte das! Und plötzlich schnappte diese Sechzehnjährige von gemeinen Menschen Klatschgeschichten über mein früheres Leben auf und glaubte bereits alles zu wissen, während doch die Hauptsache in meiner Brust verschlossen blieb! Ich aber schwieg beredt, schwieg vielsagend die ganze Zeit über und besonders, besonders wenn ich mit ihr zusammen war, schwieg ich – bis auf den gestrigen Tag! Warum ich schwieg? Weil ich eben ein stolzer Mensch war. Ich wollte, daß sie das selbst begriffe, ohne mein Dazutun, daß sie diesen Menschen *selbst erriet* und ihn begriff, aber nicht aus den Erzählungen gemeiner Klatschbasen! Als ich sie in mein Haus nahm, setzte ich voraus, daß sie mich achtete. Im Herzen aber wollte ich, daß sie mich anbetete für meine Leiden. Ich war's doch wert. Oh, ich bin immer stolz gewesen, ich habe immer entweder alles oder nichts gewollt! Und gerade weil ich kein armseliges Stückchen Glück, sondern ein ganzes, großes haben wollte, gerade deswegen war ich gezwungen, so zu handeln: »Errate selbst und werte dann!« Denn, nicht wahr, Sie müssen doch zugeben, wenn ich selbst angefangen hätte, ihr alles zu erklären und vorzusagen, Finten zu machen und

Achtung zu erbitten, – dann wär's doch gleichbedeutend gewesen mit Almosen erbetteln ... Übrigens ... übrigens – wozu rede ich noch davon ...

Dumm, dumm, dumm war's! und nochmals: furchtbar dumm! Ich erklärte ihr damals in zwei Worten, ohne Umschweife, erbarmungslos (ich betone, daß es erbarmungslos geschah), daß die Hochherzigkeit der Jugend, ihre Großmut, an sich ja wunderschön, aber doch keinen Groschen wert sei. Warum nicht? Weil sie ihr billig zufällt, weil sie ihr zuteil wird, noch bevor sie gelebt hat; alles das sind, wie man zu sagen pflegt, »die ersten Eindrücke des Seins«. Wollen wir erst mal abwarten, wie ihr euch in der Not bewährt! Billige Hochherzigkeit ist immer leicht, billige Großmut immer flach, sogar das Leben fortzugeben, auch das ist dann billig, denn da kocht nur das junge Blut und schäumt die überschüssige Lebenskraft. Schönheit, Schönheit verlangt man leidenschaftlich! Nein, nehmt eine andere Heldentat der Hochherzigkeit, die schwere, stille, unhörbare, ohne Glanz, die, welche viele, viele Opfer verlangt und keinen Tropfen Ruhm einbringt, wohl aber bittere Verleumdung; wo der sauberste Mensch von der ganzen Welt als Schuft hingestellt wird, während er doch anständiger ist als alle Ehrenmänner der Welt zusammen. Nun, versucht erst mal eine solche Heldentat zu vollbringen! Nein, dafür werdet ihr danken! ... Ich aber, ich habe mein ganzes Leben lang diese Art Heldentum zu tragen gehabt.

Zuerst widersprach sie; und wie sie mit mir stritt! Dann aber wurde sie allmählich stiller, zuletzt verstummte sie sogar ganz. Nur die Augen sahen mich an, wenn sie mir zuhörte: groß, merkwürdig groß waren diese Augen und aufmerksam. Und ... und außerdem bemerkte ich auf einmal ein Lächeln, ein mißtrauisches, schweigsames, kein gutes ... Und mit diesem, mit eben diesem Lächeln kam sie in mein Haus. Aber es ist ja wahr, wohin hätte sie denn sonst gehen können ...

IV

Lauter Pläne und Pläne

Wer von uns beiden fing damals zuerst an?

Keiner. Es fing von selbst an, vom ersten Schritt. Ich habe gesagt, daß ich sie auf ein strenges Leben mit mir vorbereitet hatte, dann aber milderte ich diese Strenge doch schon am ersten Tage. Noch vor der Trauung hatte ich ihr gesagt, daß sie die Pfänder in Empfang nehmen und das Geld herausgeben werde – und sie hatte damals nicht widersprochen. (Beachten Sie das wohl.) Ja, sie machte sich sogar mit Eifer an die Sache. Die Wohnung, die Einrichtung, – alles blieb selbstverständlich so, wie es war. Zwei Zimmer; das eine ein großer Saal, unser Empfangsraum, in dem für die Pfandkasse eine Hälfte durch eine Scheidewand abgeteilt ist, das andere, gleichfalls groß, unser Wohn- und Schlafzimmer. Meine Möbel sind ärmlich, sogar die Tanten hatten bessere. Mein Heiligenschrein mit dem Lämpchen hängt im ersten Zimmer, dort wo die Kasse ist, bei mir aber, in meinem Zimmer, steht mein Schrank, in dem ich auch einige Bücher habe, und mein Koffer; die Schlüssel trage ich bei mir. Nun, und dann natürlich noch das Bett, Tische, Stühle usw. Bereits vor der Trauung hatte ich ihr gesagt, daß zu unserem Unterhalt, d. h. zur Beköstigung für mich, für sie und Lukérja, die ich zu uns herübergelockt hatte, täglich ein Rubel und nicht mehr verausgabt werden dürfe: »Muß in drei Jahren dreißigtausend Rubel ersparen, anders aber kommt man nicht zu Geld.« Sie widersprach nicht, aber ich fügte von selbst noch deißig Kopeken pro Tag hinzu. Ebenso war es mit dem Theater. Ich hatte ihr gesagt, daß wir nicht ins Theater gehen würden, beschloß aber dann doch, einmal im Monat mit ihr ins Theater zu gehen, und zwar anständig, Parkettplätze. Wir gingen zusammen, etwa dreimal, sahen, glaub' ich, „Die Jagd nach dem Glück", „Singvögel", und ... (oh, zum Teufel, zum Teufel damit!) Schweigend gingen wir hin und schweigend kehrten wir heim. Warum, warum wir von Anfang an zu schweigen begannen? In der ersten Zeit gab es doch noch gar keine Streitigkeiten zwischen uns, nur Schweigen. Ich weiß noch, damals sah sie mich immer heimlich an; ich aber, als ich das bemerkte, schwieg dann erst recht. Es ist allerdings wahr: *ich* war es, der auf dem Schweigen beharrte, nicht sie. Ihrerseits gab es sogar ein- oder zweimal leidenschaftliche Ausbrüche: sie stürzte zu mir, umarmte mich. Da aber diese Ausbrüche krankhaft waren, hysterisch, ich jedoch ein *starkes* Glück brauchte und als erstes ihre volle Achtung, so blieb ich natürlich kühl. Hatte auch recht: nach solchen Ausbrüchen gab's am nächsten Tage jedesmal Streit.

Das heißt: Streit gab's eigentlich nicht, aber es gab Schweigen und ... und eine immer und immer dreistere Miene ihrerseits. »Auflehnung und Unabhängigkeit« – das war's, das wollte sie, nur verstand sie's nicht. Ja, dieses sanfte Gesicht nahm einen immer trotzigeren Ausdruck an. Glauben Sie mir, ich wurde ihr einfach zuwider, ich habe das genau beobachtet. Jedenfalls: daß sie zuweilen außer sich geriet, daran war nicht zu zweifeln. Nun wie, zum Beispiel, nachdem man aus solchem Schmutz, aus solcher Armut herausgekommen ist, wie kann man denn da plötzlich über unsere Armut die Nase rümpfen! Sehen Sie: es war keine Armut, aber es war Sparsamkeit, und dort, wo es sich gehörte, sogar Luxus, – in der Wäsche, zum Beispiel, in der Sauberkeit. Ich habe immer gedacht, daß die Sauberkeit des Mannes auf die Frau anziehend wirkt. Übrigens tat sie's nicht über die Armut, sondern über meine, wie sie glaubte, schmutzige Knauserigkeit: ‚Behauptet, er verfolge ein Ziel, will offenbar Charakter beweisen!' Für das Theater dankte sie plötzlich selbst. Und immer spöttischer wurde der Zug um ihren Mund ... ich aber verstärkte das Schweigen, ich verstärkte noch das Schweigen.

Ich konnte doch nicht anfangen, mich zu rechtfertigen! Die Hauptrolle spielte dabei natürlich die Leihkasse. Sehen Sie:

ich wußte, daß eine Frau, und noch dazu eine sechzehnjährige, nicht umhin kann, sich dem Manne ganz und gar unterzuordnen. Es ist keine Originalität in den Frauen, das ... das ist ein Axiom, sogar jetzt noch, sogar jetzt noch ein Axiom für mich! Was ist's denn, was dort im Saal auf dem Tisch liegt? Wahrheit bleibt Wahrheit, an der kann selbst Mill nichts ändern! Aber die liebende Frau, – oh, die liebende Frau vergöttert selbst die Laster, selbst die Verbrechen des Geliebten. Er wird für seine Verbrechen niemals solche Rechtfertigungen ausfindig machen, wie sie sie für ihn ausdenken wird. Das ist großmütig, aber nicht originell. Einzig die Unoriginalität pflegt die Frauen zu verderben. Und warum, frage ich Sie nochmals, warum weisen Sie wieder dorthin auf den Tisch? Ja, ist denn das etwa originell, was dort auf dem Tisch liegt? O – oh!

Hören Sie: von ihrer Liebe war ich damals überzeugt. Fiel sie mir doch damals oft stürmisch um den Hals. Also liebte sie doch, richtiger: wollte sie doch lieben. Ja, ja, so war es: sie wollte lieben, sie suchte zu lieben. Aber die Hauptsache lag eben darin, daß ich ja gar nicht solche Verbrechen begangen hatte, für die sie sich hätte Entschuldigungen ausdenken müssen. Sie sagen: »ein Pfandleiher«! – ja, und alle sagen es. Aber was besagt denn das: »ein Pfandleiher«? Also muß es doch Gründe gegeben haben, wenn der hochherzigste Mensch zum – Pfandleiher geworden ist? Sehen Sie: es gibt Ideen ... das heißt, sehen Sie mal, es gibt manche Ideen, die, wenn man sie ausdrücken, in Worten aussprechen will, furchtbar dumm erscheinen. Wirklich so dumm, daß man sich schämt. Und woher kommt das? Nirgendwoher. Weil wir alle so oberflächlich sind und die Wahrheit nicht ertragen können, oder ... ich weiß wirklich nicht ... Ich sagte vorhin: »der hochherzigste Mensch«. Das klingt lächerlich. Indessen, es war doch wirklich so. Es ist Wahrheit, was ich sage, die allerallerwahrhaftigste Wahrheit! Ja, ich hatte damals das Recht, mich pekuniär sicherstellen zu wollen und dieses Pfandgeschäft zu eröffnen. ,Ihr habt mich verstoßen (ihr, das heißt: ihr Menschen), ihr habt mich mit verachtendem Schweigen fortgejagt! Auf meinen leidenschaftlichen Drang zu euch habt ihr mir mit einer Beleidigung für mein ganzes Leben geantwortet. Somit war ich denn im Recht, als ich mich von euch trennte, zwischen euch und mir eine Mauer zog; ich bin im Recht, wenn ich diese dreißigtausend Rubel ersparen und irgendwo in der Krim, am südlichen Meerestrand, zwischen Bergen und Weingärten auf meinem für diese dreißigtausend gekauften Landgut mein Leben beschließen will. Und vor allen Dingen: ich will ohne Groll auf euch, aber nur fern von euch leben, leben mit dem Ideal in der Seele, an der Seite der geliebten Frau und mit meinen Kindern, wenn Gott sie uns schenken sollte. Und den Freunden und Nachbarn in der Not würde ich eine helfende Hand sein.‘ Wenn ich das jetzt allein zu mir sage, ist nichts dabei, was aber hätte es Dümmeres geben können, als wenn ich damals ihr das erzählt und ausgemalt hätte? Das war ja der Grund, warum ich stolz schwieg, warum wir uns schweigend gegenübersaßen! Was hätte sie denn davon begriffen? Sechzehn Jahre – das ist ja doch noch die erste Jugend! Und was hätte sie denn verstehen können von meinen Rechtfertigungen, von meinen Leiden? Da war einerseits naive Unbedingtheit, kindliche Geradlinigkeit, völlige Unkenntnis des Lebens, jugendliche, billige Überzeugungen, wahre Hühnerblindheit der »prachtvollen Herzen«; und andererseits: die Leihkasse, und das genügte! (Aber war ich denn als Pfandleiher etwa ein Räuber, hatte sie denn nicht selbst gesehen, wie ich war und daß ich nichts Unrechtmäßiges nahm?!) Oh, wie schrecklich ist die Wahrheit auf Erden! Dieses reizende Wesen, diese sanfte Kleine, dieser Himmel – war bald mein Tyrann, war der unerträgliche Peiniger meiner Seele! Würde ich mich doch selbst verleumden, wenn ich das nicht sagte! Sie glauben vielleicht, daß ich sie nicht geliebt habe? Wer kann behaupten, ich hätte sie nicht geliebt? Sehen Sie: hieraus wurde boshafte Ironie des Schicksals und der Natur! Wir sind verflucht, das Leben der Menschen ist überhaupt ein

Fluch! (Und mein Leben noch ganz besonders!) Ich begreife ja jetzt, daß ich mich hierbei in irgend etwas verrechnet habe! Hierbei ist irgend etwas mißlungen! Alles war doch so klar, so klar wie der Himmel war mein Plan: ‚Streng, stolz, brauche niemandes moralischen Trost, leide schweigend.' So war's doch auch, ich log doch nicht, ich log doch wahrhaftig nicht! ‚Sie wird doch dann selbst die Hochherzigkeit entdecken, nur versteht sie vorläufig noch nicht, sie zu erkennen; doch wenn sie das irgendeinmal errät, so wird sie es dann zehnfach zu schätzen wissen und in den Staub vor mir niederknien, mit anbetend gefalteten Händen.' Das war der Plan! Aber hierbei muß ich etwas vergessen oder aus dem Auge gelassen haben. Irgend etwas habe ich nicht richtig zu machen verstanden. Doch genug, genug! Und wen soll ich denn jetzt um Verzeihung bitten? Ist's aus, dann ist's aus. Sei mutiger, Mensch, und sei stolz! Nicht du bist schuld! ...

Nein, ich will die Wahrheit sagen, ich fürchte mich nicht, der Wahrheit ins Antlitz zu schauen: *sie* ist schuld, *sie* ist schuld! ...

V

Die Sanfte revoltiert

Die Zwistigkeiten begannen damit, daß es ihr plötzlich einfiel, die Pfänder über ihren Wert einzuschätzen, das Geld nach ihrem Gutdünken auszuzahlen, und ein- oder zweimal erlaubte sie sich sogar, mit mir über dieses Thema zu streiten. Ich erklärte mich damit nicht einverstanden. Aber dann kam uns diese Offizierswitwe in die Quere.

Es kam eine alte Frau, die Witwe eines Hauptmanns, mit einem Medaillon, einem Geschenk des verstorbenen Gatten, nun, natürlich: ein teures Andenken! Ich gab ihr dreißig Rubel. Da hob denn das Jammern und Bitten an: man solle das Ding nur ja gut aufbewahren. – Selbstverständlich bewahren wir es gut auf. Nun, kurz und gut, plötzlich, nach fünf Tagen kommt sie wieder, um das Ding gegen ein Armband, das nicht einmal acht Rubel wert war, einzulösen. Ich schlug ihr's natürlich ab. Wahrscheinlich hat sie schon damals etwas aus den Augen meiner Frau erraten, denn als sie das zweite Mal in meiner Abwesenheit kam, tauschte die es tatsächlich gegen das Medaillon ein.

Als ich das noch am selben Tage erfahren hatte, sprach ich sanft, doch bestimmt und vernünftig mit ihr. Sie saß auf dem Bett, sah zu Boden und baumelte mit dem rechten Beinchen (ihre charakteristische Angewohnheit), wobei sie mit dem Fußspitzchen immer den Betteppich streifte; ein Lächeln, das nichts Gutes verhieß, lag auf ihren Lippen. Da erklärte ich ihr ruhig, ohne auch nur die Stimme zu erheben, daß das Geld *mir* gehöre, daß ich das Recht hätte, auf das Leben mit *meinen* Augen zu sehen, und daß ich, als ich um sie anhielt, ihr doch nichts verheimlicht hätte.

Sie sprang auf, erzitterte am ganzen Körper und – was glauben Sie wohl – trampelte plötzlich wie wahnsinnig mit den Füßen los! Das war einfach plötzlich ein Tier, ein Anfall von Raserei, ein Tier in einem Wutanfall. Ich war starr vor Erstaunen: einen solchen Auftritt hätte ich von ihr nie und nimmer erwartet! Verlor aber nicht den Kopf, zuckte nicht einmal und erklärte nur, wieder mit derselben ruhigen Stimme, daß ich ihr von nun ab die Mitarbeit an meinem Geschäft entziehen würde. Sie lachte mir ins Gesicht und ging, ging hinaus auch aus der Wohnung.

Die Sache war aber die: sie hatte nicht das Recht, die Wohnung zu verlassen, ohne meinen Willen auszugehen – so war es zwischen uns noch während der Brautzeit vereinbart worden. Gegen Abend kehrte sie heim; ich sagte kein Wort.

Am nächsten Tage ging sie wieder gleich am Morgen aus, am übernächsten wieder. Ich schloß die Kasse und begab mich zu den Tanten. Mit ihnen hatte ich gleich nach der Trauung jede Beziehung abgebrochen: weder kamen sie zu uns, noch gingen wir zu ihnen. Es stellte sich heraus, daß meine Frau nicht bei ihnen gewesen war. Sie hörten mir neugierig zu, lachten mich aus: »Geschieht Ihnen ganz recht.« Aber ich war auf ihren Spott gefaßt. Bei der Gelegenheit gewann ich die jüngere Tante, die alte Jungfer, bestach sie mit hundert Rubeln, wovon ich ihr fünfundzwanzig sofort einhändigte. Nach zwei Tagen kam sie zu mir.

»Da ist ein Offizier«, sagte sie, »ein Leutnant Jefímowitsch, Ihr früherer Regimentskamerad, im Spiel.«

Ich war sehr verwundert. Dieser Jefimowitsch hatte im Regiment am meisten gegen mich intrigiert. Vor einem Monat aber war er, unverschämt wie immer, zweimal unter dem Vorwand, etwas versetzen zu wollen, zu uns gekommen. Ich erinnerte mich noch, daß er damals mit meiner Frau zu scherzen versucht hatte. Da war ich denn an ihn herangetreten und hatte ihm gesagt, er solle es nicht wagen, wiederzukommen, so wie unsere Beziehungen nun einmal stünden. Doch nicht einmal ein Gedanke an irgend so etwas war mir in den Kopf gekommen; ich dachte einfach, er sei nichts als frech und zudringlich. Und nun sagte mir plötzlich diese Tante, daß die beiden schon ein Stelldichein verabredet hätten, und daß die ganze Geschichte von einer früheren Bekannten der anderen Tante, einer Júlija Ssamssónowna, die noch dazu die Witwe eines Obersten sein sollte, unterstützt würde. »Und zu dieser Witwe geht Ihre Frau.«

Ich werde mich kürzer fassen. Im ganzen kam mich die Sache auf etwa dreihundert Rubel zu stehen; dafür aber war es nach zweimal vierundzwanzig Stunden abgemacht, daß ich im Nebenzimmer hinter der Tür stehen und auf diese Weise dem ersten tête-à-tête meiner Frau mit Jefimowitsch beiwohnen sollte. Aber da kam es nun noch am Abend vorher zu einer kurzen, doch nur zu bedeutsamen Szene zwischen ihr und mir.

Sie kam kurz vor Abend zurück, setzte sich aufs Bett, blickte mich spöttisch an und baumelte wieder mit dem Beinchen überm Teppich. Plötzlich kam mir, während ich sie ansah, der Gedanke, daß sie ja schon diesen ganzen Monat, oder genauer diese letzten zwei Wochen, gar nicht mehr sie selbst, sondern geradezu ihr eigener Gegensatz gewesen war: ein wildes, angriffslustiges, ich kann nicht sagen schamloses, aber immerhin zügelloses Geschöpf, das selbst Sturm und Verderben suchte, ja, herbeisehnte. Allein die angeborene Sanftmut stand ihr noch im Wege. Wenn ein solches Wesen einmal ausbricht und lostobt, so wird man ihm doch immer noch anmerken, auch wenn es die Grenzen überspringt, daß es sich dabei Gewalt antut, sich aufpeitscht und verstellt und mit der angeborenen Keuschheit und Scham selbst am allerwenigsten fertig werden kann. Gerade deshalb können solche Naturen mitunter so ungeheuerlich jedes Maß verlieren, daß unsere beobachtende Vernunft ihren Augen nicht mehr traut. Dagegen wird sich eine mit dem Laster schon vertraute Seele immer maßvoller zeigen, Schlimmeres tun, aber den Schein von Ordnung und Anstand zu wahren wissen, mit der Anmaßung, eben deshalb uns gegenüber noch die Überlegene spielen zu dürfen.

»Ist es wahr, daß man Sie aus dem Regiment fortgejagt hat, weil Sie aus Feigheit einem Duell ausgewichen sind?« fragte sie plötzlich, und ihre Augen blitzten.

»Ja, es ist wahr. Man bat mich nach dem Urteilsspruch der Offiziere, das Regiment zu verlassen, obgleich ich übrigens schon vorher selbst mein Abschiedsgesuch eingereicht hatte.«

»Also doch als Feigling fortgejagt?«

»Ja, ich wurde wegen Feigheit verurteilt. Doch hatte ich das Duell nicht aus Feigheit ausgeschlagen, sondern weil ich mich nicht ihrem tyrannischen Urteilsspruch fügen wollte: zum Duell herauszufordern, wenn ich selbst eine Beleidigung nicht anerkennen konnte ... Wissen Sie«, sagte ich plötzlich, denn ich konnte nicht an mich halten, »daß mit der Tat sich gegen solche Tyrannei aufzulehnen und alle Folgen dieser Handlung auf sich zu nehmen, weit mehr Mut beweisen hieß, als zu einem beliebigen Duell erforderlich ist?«

Ich hatte mich nicht beherrschen können und gleichsam mich zu rechtfertigen begonnen; das aber wollte sie ja nur, diese meine Erniedrigung. Sie lachte boshaft auf.

»Und ist es wahr, daß Sie sich darauf drei Jahre lang in den Straßen Petersburgs wie ein Strolch herumgetrieben, die Leute um zehn Kopeken angesprochen und unter den Billardtischen übernachtet haben?«

»Ich habe sogar im berüchtigten Nachtasyl am Heumarkt manche Nacht verbracht. Ja, es ist wahr; in meinem Leben war später, nach dem Austritt aus dem Regiment, viel Schmach und Verkommenheit, denn ich habe mich und mein Verhalten damals selbst am meisten gehaßt. Das war bloß ein zeitweiliges Nachlassen meines Willens und meines Verstandes infolge meiner verzweifelten Lage . . . Aber das ist jetzt vorüber, ist gewesen . . .«

»Oh, natürlich. Jetzt sind Sie ja eine Persönlichkeit, ein Finanzmann!«

Das war natürlich eine Anspielung auf die Pfandkasse. Doch ich konnte mich schon wieder beherrschen. Ich sagte mir, daß sie es ja doch nur auf Erklärungen meinerseits abgesehen hatte, die mich erniedrigen sollten, und – ich schwieg. Zudem klingelte gerade jemand, und so ging ich aus dem Zimmer an meine Kasse. Darauf, nach einer Stunde ungefähr, als sie sich angekleidet hatte, um wieder auszugehen, blieb sie plötzlich noch vor mir stehen und sagte:

»Vor der Hochzeit aber haben Sie mir nichts davon gesagt?«

Ich antwortete nicht, und sie ging.

Und so geschah es denn am folgenden Tage, daß ich dort in jenem Nebenzimmer hinter der Tür stand und zuhörte, wie sich mein Schicksal entschied, in der Tasche aber hatte ich meinen Revolver. Sie hatte ihr bestes Kleid an, saß am Tisch, und Jefimowitsch gab sich alle Mühe. Und was geschah? Es geschah das (zu meiner Ehre sei es gesagt), es geschah genau das, was ich vorausgefühlt und vorausgesehen hatte, wenn ich mir dessen auch nicht bewußt war, daß ich das vorausfühlte und voraussah. Ich weiß nicht, ob ich mich verständlich ausdrücke.

Und zwar geschah folgendes: Ich hörte eine ganze Stunde

lang zu und war eine Stunde lang Zeuge eines Zweikampfes zwischen einem Weibe, dem edelsten und überlegensten, und einer stumpfen, verderbten Lebeweltkreatur, die heranzukriechen suchte. Und woher, dachte ich ganz betroffen, woher nur hat dieses naive, dieses sanfte, dieses unerfahrene junge Geschöpf alle diese Worte und dieses Wissen? Selbst der geistreichste Dichter einer mondänen Komödie hätte eine solche Szene nicht erfinden können, solch einen Spott, solch ein allernaivstes Lächeln mit dieser heiligen Verachtung, die der reine Mensch für das Laster hat. Und wieviel Geist war doch in ihren Worten und kleinen Bemerkungen, welch ein Scharfsinn in ihren schnellen Repliken und welche Sicherheit und Richtigkeit in ihren Urteilen. Und zu gleicher Zeit wieviel nahezu mädchenhafte Harmlosigkeit! Auf seine Liebeserklärungen hin lachte sie ihn einfach aus. Er, der mit seinen rohen Absichten gekommen war und kaum mit Widerstand gerechnet hatte, saß plötzlich ganz kleinlaut da und wußte nicht, wie ihm geschah. Zuerst hätte ich glauben können, es sei ihrerseits nur Koketterie – ‚Koketterie eines, wenn auch verderbten, so doch jedenfalls geistreichen Weibes, um sich kostbarer zu machen'. Aber nein, die Wahrheit war so sonnenklar, daß ein Zweifel überhaupt nicht bestehen konnte. Nur aus Haß gegen mich, aus Haß, in den sie sich selbst hineingeredet hatte, hatte sie, die Unerfahrene, sich zu diesem Rendezvous entschließen können; sobald es aber zur Tat kam – erwachte sie sofort. Sie hatte nicht gewußt, was tun, um mich irgendwie, einerlei wodurch, zu verletzen, aber es ist ja nur zu verständlich, daß sie, die sich zu etwas so Schändlichem entschlossen zu haben schien, sofort auf diesem Wege stehenblieb und umkehrte, als sie der Tat gegenüberstand: sie ertrug sie nicht. Und sie, diese sündenlose, keusche Seele, die ihr Ideal besaß, hätte solch ein Jefimowitsch oder irgendeiner von diesem Lebeweltgesindel verführen können? Er rief ja bei ihr nur Gelächter hervor. Die ganze Wahrhaftigkeit ihrer Seele richtete sich auf, und der Unwille in ihrem Herzen äußerte sich in Sarkasmus. Ich wiederhole:

dieser Narr saß zum Schluß ganz verdattert auf seinem Stuhl, blickte mürrisch drein und antwortete kaum, so daß ich schon befürchtete, er werde vielleicht aus niedriger Rachsucht sie zu beleidigen suchen. Und ich wiederhole nochmals, zu meiner Ehre sei es gesagt: ich hörte das ganze Gespräch fast ohne jede Verwunderung an. Es war mir, als ob ich nichts als Bekanntes wiederfände. Ich war gleichsam nur deswegen hingegangen, um dieses Bekannte wiederzufinden. Ich war tatsächlich hingegangen, ohne einer einzigen Beschuldigung zu glauben, obgleich ich den Revolver in die Tasche gesteckt hatte, — das ist die ganze Wahrheit! Und wie hätte ich sie mir denn überhaupt anders denken können? Warum liebte ich sie denn, warum schätzte ich sie denn so hoch, warum hatte ich sie denn geheiratet? Oh, natürlich wurde mir auch das klar, wie unverdorben, wie rein sie war. Ich machte der Szene plötzlich ein Ende, indem ich die Tür öffnete. Jefimowitsch sprang auf; ich bot ihr den Arm und bat sie, mit mir das Haus zu verlassen. Jefimowitsch faßte sich ziemlich schnell und lachte belustigt auf.

»Oh, gegen die geheiligten Gattenrechte habe ich natürlich nichts einzuwenden! Bitte, führen Sie sie nur fort, bitte! Und wissen Sie«, rief er mir noch nach, »obgleich sich ja ein anständiger Mensch mit Ihnen eigentlich nicht schlagen kann, so stehe ich doch, aus Achtung vor Ihrer Frau, zu Ihrer Verfügung . . . Wenn Sie übrigens nur selbst den Mut dazu haben . . .«

»Hören Sie's?« fragte ich sie und hielt sie noch einen Augenblick auf der Türschwelle zurück.

Darauf den ganzen Weg bis nach Hause kein Wort. Ich führte sie am Arm, und sie widersetzte sich nicht. Im Gegenteil, sie war furchtbar betroffen, und das nicht nur auf dem Wege bis zu unserer Wohnung. Als wir bei uns angelangt waren, setzte sie sich auf einen Stuhl und richtete stumm ihren Blick auf mich. Sie war ungewöhnlich bleich; wenn sich auch ihre Lippen sofort wieder spöttisch verzogen, so sah sie mich doch mit einem Blick feierlicher und strenger Herausforderung an und war, glaube ich, fest überzeugt, wenigstens in den ersten Minuten, daß ich sie nun sofort niederschießen würde. Ich aber zog meinen Revolver schweigend aus der Tasche und legte ihn auf den Tisch. Sie blickte von mir auf den Revolver, vom Revolver auf mich. (Beachten Sie folgendes: dieser Revolver war ihr schon bekannt. Ich hatte ihn mir gekauft, weil ich nicht beabsichtigte, große Hunde oder einen starken Diener, wie ihn zum Beispiel Moser hat, zu halten. Bei mir öffnet die Köchin die Tür. Andererseits aber können wir Pfandkassenbesitzer uns doch nicht ganz des Selbstschutzes berauben, – wenn die Leute nun einmal wissen, daß man immer Geld im Hause hat. Und so hatte ich mir denn diesen Revolver gekauft. Sie nun interessierte sich, als sie zu mir ins Haus kam, in den ersten Tagen ganz besonders für das Ding, und ich erklärte ihr daraufhin das ganze System und beredete sie sogar, einmal nach einem Ziel zu schießen. Bitte sich das zu merken.)

Ohne ihren erschrockenen Blick weiter zu beachten, legte ich mich nur halb ausgekleidet auf das Bett. Ich war nicht wenig erschöpft. Es war schon gegen elf Uhr. Sie blieb auf ihrem Platz sitzen, ohne sich zu rühren, ungefähr noch eine Stunde lang. Darauf löschte sie das Licht aus und legte sich, gleichfalls angekleidet, auf den Diwan an der Wand. Zum erstenmal legte sie sich nicht zu mir nieder – auch das bitte ich sich zu merken.

VI

Eine schreckliche Erinnerung

Jetzt diese schreckliche Erinnerung ...

Ich erwachte am Morgen schätzungsweise nach sieben Uhr, und im Zimmer war es fast schon ganz hell. Ich erwachte plötzlich mit vollem Bewußtsein und schlug die Augen auf; sie stand am Tisch und hielt den Revolver in der Hand. Sie bemerkte nicht, daß ich aufgewacht war und sie beobachtete.

Und plötzlich sehe ich: sie bewegt sich auf mich zu, mit dem Revolver in der Hand ... Ich schloß sofort die Augen und stellte mich schlafend.

Sie kam bis ans Bett und beugte sich über mich. Ich hörte alles; wenn es auch totenstill war, so *hörte* ich doch diese Stille. Da ... ich schlug plötzlich, ganz gegen meinen Willen, die Augen auf: sie stand über mich gebeugt und sah mich an, blickte mir gerade in die Augen, und der Revolver war schon dicht an meiner Schläfe. Unsere Blicke trafen sich. Aber wir sahen einander nur eine Sekunde an. Ich riß mich zusammen und schloß wieder die Augen und im selben Moment faßte ich aus ganzer Seele den Entschluß, mich nicht mehr zu rühren und nicht mehr die Augen aufzuschlagen, was auch immer mich erwarten mochte.

Es kommt in der Tat zuweilen vor, daß ein festschlafender Mensch plötzlich die Augen aufschlägt, sogar den Kopf erhebt und sich im Zimmer umblickt, darauf, nach einer Sekunde, den Kopf wieder auf das Kissen zurückfallen läßt und weiterschläft, ohne sich seiner ganzen Bewegung bewußt zu werden oder sich später ihrer noch zu erinnern. Als ich, nachdem sich unsere Blicke getroffen und ich den Revolver an meiner Schläfe gespürt hatte, plötzlich wieder die Augen schloß und mich regungslos verhielt, wie ein Festschlafender, da konnte sie natürlich annehmen, daß ich tatsächlich schlief und nichts gesehen hatte, um so mehr, als es doch ganz unwahrscheinlich war, daß einer, der das gesehen, was ich gesehen, in einem solchen Augenblick die Augen wieder geschlossen hätte.

Ja, es war unwahrscheinlich. Aber trotzdem hätte sie doch die Wahrheit erraten können, – das war's, was mir plötzlich in diesem selben Augenblick durch das Gehirn zuckte. Welch ein Wirbelsturm von Gedanken und Gefühlen in weniger als einer Sekunde durch meine Seele stob! – oh, es lebe die Elektrizität des menschlichen Denkens! In diesem Falle (so empfand ich blitzschnell), wenn sie die Wahrheit erraten hatte und wußte, daß ich nicht schlief, hatte ich sie schon durch meine Bereitwilligkeit, in den Tod zu gehen, vernichtet, und ihre Hand mußte zurückzucken. Die anfängliche Entschlossenheit konnte an einem neuen ungewöhnlichen Eindruck zerschellen. Man sagt, wer auf einer Höhe steht, fühle sich unwillkürlich hinabgezogen in den Abgrund. Ich glaube, viele Selbstmorde und Morde sind nur begangen worden, weil der Revolver schon in der Hand war. Da ist es gleichfalls ein Abgrund, ein Abhang von fünfundvierzig Grad, und man ist gezwungen, in diesen Abgrund hinunterzugleiten; so ist da auch etwas, was einen unwiderstehlich herausfordert, den Hahn abzudrücken. Doch wenn sie sich sagte, daß ich alles gesehen habe, alles wisse und schweigend von ihr den Tod erwarte – dieser Gedanke hätte sie doch vielleicht auf dem Abhang aufhalten können.

Die Stille dauerte an, und plötzlich fühlte ich an der Schläfe, dicht an meinem Haar, die kalte Berührung des Eisens. Sie werden mich fragen wollen, ob ich immer noch fest auf eine Rettung hoffte? Ich will Ihnen wie vor Gott antworten: ich hatte nicht die geringste Hoffnung, nicht erschossen zu werden, außer vielleicht wie eins zu hundert. Warum, fragen Sie mich, nahm ich dann den Tod von ihr so ohne weiteres hin? Ich aber frage: was war mir denn das Leben noch, nachdem das von mir vergötterte Wesen den Revolver auf mich angelegt hatte? Außerdem fühlte ich mit der ganzen Kraft meiner Seele, daß in diesem Augenblick zwischen uns ein Kampf vor sich ging, ein furchtbarer Zweikampf auf Leben und Tod, der Kampf mit diesem selben früheren »Feigling«, der von den Kameraden wegen »Feigheit« hinausgesetzt worden war! Ich wußte das, und auch sie mußte das wissen, wenn sie nur die Wahrheit erraten hatte, daß ich nicht schlief.

Vielleicht war es auch nicht so, vielleicht habe ich all das in dem Augenblick gar nicht gedacht, aber das hätte doch alles so sein müssen, wenn auch ohne Gedanken, denn ich habe ja nachher nichts weiter getan als daran gedacht, in jeder Stunde meines Lebens.

Aber Sie können noch eine andere Frage stellen: warum bewahrte ich sie nicht vor dem Verbrechen? Oh, ich habe mir selbst nachher wohl an tausendmal diese Frage gestellt – jedesmal, wenn ich mir mit einem eisigen Schauer im Rücken diesen Augenblick zu vergegenwärtigen suchte. Doch meine Seele war damals in finsterer Verzweiflung: ich ging unter, ich ging selbst unter, wie hätte ich da noch jemand anderen retten können? Und woher wissen Sie, ob ich da überhaupt noch jemanden hätte retten wollen? Woher soll man's wissen, was ich damals gefühlt habe?

Einstweilen war mein Bewußtsein überwach, kochte in mir ... Die Sekunden kamen und gingen, es war totenstill ... Sie stand immer noch über mich gebeugt, und – plötzlich durchzuckte mich eine Hoffnung! Ich schlug schnell die Augen auf: sie war nicht mehr im Zimmer. Ich erhob mich vom Bett: ich, ich hatte gesiegt! – und sie war für immer besiegt!

Ich ging in das vordere Zimmer zum Frühstück. Der Ssamowar wurde bei uns im ersten Zimmer aufgestellt, und den Tee goß stets sie ein. Ich setzte mich schweigend an den Tisch und nahm von ihr mein Glas in Empfang. So nach fünf Minuten sah ich zum erstenmal auch zu ihr hinüber: sie war entsetzlich bleich, noch bleicher als tags zuvor, und blickte mich an. Und plötzlich – und plötzlich, als sie gewahr wurde, daß ich sie betrachtete, verzog sie ihre bleichen Lippen zu einem blassen Lächeln, mit scheuer Frage in den Augen ... So zweifelte sie immer noch? Fragte sich wohl: weiß er es oder weiß er es nicht, hat er es gesehen oder hat er es nicht gesehen? Gleichmütig wandte ich meinen Blick von ihr ab.

Nach dem Tee schloß ich die Kasse, ging auf den Markt und kaufte ein eisernes Bett und einen großen Bettschirm. Nach Haus zurückgekehrt, ließ ich das Bett im ersten Zimmer aufstellen und mit dem Schirm gleichsam das Zimmer abteilen. Das war ein Bett für sie, doch sagte ich kein Wort davon. Auch ohne Worte begriff sie durch dieses Bett, daß ich »alles gesehen habe und alles weiß«. Für die Nacht legte ich den Revolver wie immer auf den Tisch. Spät abends legte sie sich in dieses neue Bett: die Ehe war aufgelöst.

»Sie war besiegt, doch war ihr noch nicht verziehen.« In der Nacht fing sie an zu phantasieren und am nächsten Morgen hatte sie hohes Fieber. Sechs Wochen lag sie zu Bett.

ZWEITES KAPITEL

I

Ein Traum des Stolzes

Lukérja hat mir soeben erklärt, daß sie nicht bei mir bleiben wolle und fortgehen werde, sobald die gnädige Frau beerdigt sei. Habe kniend fünf Minuten gebetet, wollte zuerst eine ganze Stunde lang beten, aber ich muß immer denken und denken, die ganze Zeit ... lauter kranke Gedanken und ein schmerzender Kopf ... Was da beten! ... wäre ja Sünde ... Sonderbar, daß ich nicht schlafen will. In großem, allzugroßem Leid will man nach den ersten, stärksten Erschütterungen immer schlafen. Zum Tode Verurteilte sollen, sagt man, in der letzten Nacht ungewöhnlich fest schlafen. Ja, das muß auch so sein, das verlangt die Natur, sonst würden die Kräfte nicht ausreichen ... Ich legte mich auf den Divan, konnte aber nicht einschlafen ...

*

Sechs Wochen pflegten wir sie Tag und Nacht: ich, Lukérja und die gelernte Pflegerin aus dem Krankenhause. Geld sparte ich nicht, ich hatte geradezu das Bedürfnis, viel für sie auszugeben. Von Ärzten rief ich Dr. Schröder zu ihr und zahlte ihm zehn Rubel für jeden Besuch. Als sie allmählich das Bewußtsein wiedererlangte, hielt ich mich zurück, das heißt: ich ließ mich seltener bei ihr blicken. Doch wozu schildere ich das jetzt lang und breit! Als sie schließlich aufstand, das Bett verließ, setzte sie sich leise und schweigend in meinem Zimmer an den kleinen Tisch, den ich inzwischen eigens für sie gekauft hatte ... Ja, es ist wahr, wir schwiegen jetzt ganz und gar; später fingen wir zuweilen auch wieder an, über irgend etwas zu sprechen, aber immer über Gleichgültiges. Ich war natürlich mit Absicht nicht gesprächig, doch bemerkte ich sehr wohl, daß auch sie froh war, kein überflüssiges Wort sagen zu müssen. Das erschien mir ihrerseits ganz natürlich: ‚Sie ist viel zu erschüttert, viel zu sehr besiegt', dachte ich, ‚und man muß ihr Zeit lassen, zu vergessen und sich wieder einzuleben.' So schwiegen wir denn beide, doch im Herzen bereitete ich mich jeden Augenblick auf das Zukünftige vor. Ich glaubte, daß auch sie dasselbe tat, und ich bemühte mich fortwährend zu erraten, woran sie bei sich jetzt denken mochte.

Nur dies will ich noch sagen: niemand weiß, oh, selbstverständlich ahnt es kein Mensch, was ich beim Wachen an ihrem Bett während ihrer Krankheit durchgemacht habe. Selbst vor Lukérja verbarg ich mein Stöhnen und wimmerte nur in mich hinein. Ich vermochte es mir gar nicht vorzustellen, es war für mich gar nicht auszudenken, daß sie sterben könnte, ohne alles erfahren zu haben. Als aber die Gefahr überstanden war und sie sich zu erholen begann, da beruhigte ich mich, ich weiß es noch genau, schnell und vollkommen. Und nicht nur das, sondern ich beschloß sogar, *unsere Zukunft möglichst weit hinauszuschieben* und vorläufig alles so zu belassen, wie es jetzt war. Ja, es geschah damals etwas Seltsames und Merkwürdiges mit mir, anders wüßte ich es nicht zu bezeichnen: ich hatte den Sieg davongetragen, hatte die Oberhand gewonnen, und schon dieses Bewußtsein genügte mir, wie sich erwies, vollkommen. So verging der ganze Winter. Oh, ich war so zufrieden, wie ich es noch nie zuvor gewesen war, und so blieb es den ganzen Winter über.

Sehen Sie, in meinem Leben gibt es einen furchtbaren äußeren Umstand, der mich bis dahin, das heißt: bis zum Tage der Katastrophe mit meiner Frau, Tag für Tag und Stunde für Stunde bedrückte: das war der Verlust meiner Reputation und jener Austritt aus dem Regiment. Kurz: an mir war tyrannische Ungerechtigkeit verübt worden. Es ist wahr, meine Kameraden liebten mich nicht wegen meines

»schweren« Charakters und vielleicht auch noch wegen meines »komischen« Charakters, aber es kommt doch oft vor, daß das, was dem einen erhaben erscheint, was er als seinen heiligsten Schatz im Herzen bewahrt und verehrt, gleichzeitig der Schar seiner Kameraden aus irgendeinem Grunde lächerlich erscheint. Ich war nie beliebt, auch nicht in der Schule. Ich war immer und überall unbeliebt. Auch Lukérja mag mich nicht. Jener Zwischenfall aber im Regiment war seiner Art nach ein absoluter Zufall, obschon er letzten Endes doch wieder mit meiner Unbeliebtheit zusammenhing. Ich sage das nur, weil es nichts Kränkenderes und Unerträglicheres gibt, als durch einen Zufall zugrunde zu gehen, durch einen Zufall, der ebensogut auch nicht hätte eintreten können, zugrunde zu gehen durch ein unglückliches Zusammentreffen von Umständen, die sich ebensogut wie Wolken hätten verziehen, in nichts auflösen können. Für ein mit Denkvermögen ausgestattetes Lebewesen ist so etwas erniedrigend. Zu diesem Zwischenfall war es folgendermaßen gekommen:

Ich war im Theater. In der großen Pause ging ich hinaus ans Büfett. Auch der Husarenleutnant A–ff kam ans Büfett und erzählte hier zwei anderen Husaren aus seinem Regiment – laut genug, daß es alle anwesenden Offiziere und das Publikum hören konnten –, daß ein Hauptmann unseres Regiments, Besúmzeff, im Korridor Skandal gemacht habe und »wahrscheinlich betrunken« sei. Es entspann sich weiter kein Gespräch darüber, und dazu war es auch noch ein Irrtum, denn der Hauptmann Besúmzeff war weder betrunken noch hatte er besonderen Skandal gemacht. Die Husaren gingen auf ein anderes Thema über, und damit war die Sache abgetan. Am nächsten Tage jedoch wurde die Geschichte in unserem Regiment bekannt, und sofort wußte man auch, daß von Offizieren unseres Regiments nur ich allein zugegen gewesen und auf den Leutnant A–ff nicht zugetreten war, als er sich in ungeziemender Weise über Hauptmann Besúmzeff geäußert hatte, um ihn wenigstens durch eine Bemerkung zurechtzuweisen. Doch aus welchem Grunde hätte ich das tun sollen? Wenn er etwas gegen unseren Hauptmann Besúmzeff hatte, so war das doch eine persönliche Angelegenheit, aus welchem Grunde hätte ich mich da einmischen sollen? Unsere Offiziere fanden jedoch, daß es keine persönliche Angelegenheit wäre, sondern das ganze Regiment anginge: ich hätte durch mein Verhalten allen am Büfett anwesenden Offizieren und dem Publikum gezeigt, daß es in unserem Regiment Offiziere gäbe, die in betreff ihrer wie des Regimentes Ehre nicht gerade empfindlich waren. Dieser Auffassung konnte ich mich nicht anschließen. Man gab mir zu verstehen, daß ich alles gutmachen könnte, wenn ich mich noch nachträglich mit A—ff auseinandersetzen wollte. Das aber wollte ich nicht, und da ich gereizt war, so weigerte ich mich stolz. Gleich darauf reichte ich mein Abschiedsgesuch ein. Das ist die ganze Geschichte. Äußerlich stolz, doch innerlich wie zerbrochen ging ich fort. Meine Willenskraft, mein Geist, alles sank in sich zusammen. Da kam schließlich noch hinzu, daß mein Schwager in Moskau den Rest unseres Vermögens, das er durchgebracht hatte, verlor, und ich somit auch meines, allerdings nur noch kleinen Anteils verlustig ging. So saß ich denn ohne einen Heller auf der Straße. Ich hätte ja in einen Zivildienst eintreten können, aber das tat ich nicht: nach dem glänzenden Waffenrock mochte ich nicht die Uniform eines Eisenbahnbeamten tragen. Wenn mir schon Schande bestimmt war, dann eben Schande, wenn Schmach, dann Schmach, wenn sinken, dann sinken, je schlimmer desto besser! Das war es, was ich vorzog. Hierauf folgen drei Jahre, an die ich mit Grauen zurückdenke; dazu gehört auch die Erinnerung an das Nachtasyl am Heumarkt ... Vor anderthalb Jahren aber starb dann in Moskau eine reiche alte Frau, meine Patin, und hinterließ mir, wie jedem ihrer Patenkinder, ganz unerwartet dreitausend Rubel. Das gab mir den Anstoß nachzudenken, und das entschied mein Schicksal. Ich entschloß mich, eine Pfandkasse zu eröffnen, ohne mich um die Menschen weiter zu kümmern, ohne sie um Vergebung zu bitten: erst Geld erwerben, dann ein Heim und – ein neues Leben fern von alten Erinnerungen, das war mein Plan ... Nichtsdestoweniger quälten mich das dunkle Vergangene und die für immer verlorene Ehre in jeder Stunde, in jeder Minute meines Lebens. Aber dann heiratete ich. Ob zufällig oder nicht – ich weiß es nicht. Jedenfalls glaubte ich, als ich sie in mein Haus führte, daß ich einen Freund einführe, denn einen Freund brauchte ich jetzt vor allem. Ich erkannte aber deutlich, daß dieser Freund erst vorbereitet, erzogen, sogar besiegt werden mußte. Und wie hätte ich denn dieser Sechzehnjährigen, dieser noch in allen Vorurteilen der Jugend Befangenen, so mit einem Schlage irgend etwas erklären können? Wie hätte ich sie zum Beispiel ohne die zufällige Hilfe der furchtbaren Katastrophe mit dem Revolver überzeugen können, daß ich kein Feigling bin und daß man mich im Regiment zu Unrecht als Feigling verurteilt hatte? Doch die Katastrophe kam zur rechten Zeit. Als ich dem Revolver standhielt, rächte ich mich an meiner ganzen finsteren Vergangenheit. Und wenn das auch niemand erfuhr, so erfuhr es doch *sie*, das aber bedeutete für mich alles, denn sie selbst war mein Alles, war in meinen Träumen die ganze Hoffnung meiner Zukunft! Sie war der einzige Mensch, den ich ganz für mich bestimmte, einen anderen brauchte ich nicht mehr, – und da hatte sie denn nun alles erfahren. Sie hatte wenigstens erfahren, daß es von ihr voreilig und unrecht gewesen war, sich meinen Feinden anzuschließen. Dieser Gedanke entzückte mich. In ihren Augen konnte ich folglich nicht mehr als ein gemeiner, höchstens noch als ein sonderbarer Mensch dastehen. Aber das war mir nach allem Geschehen gar nicht so unlieb: Sonderbarkeit ist kein Laster, ja, es erscheint dem weiblichen Wesen zuweilen sogar anziehend. Kurz, ich schob absichtlich die Lösung der Sache hinaus: das Geschehene war vorläufig zu meiner Beruhigung übergenug und enthielt solch eine Fülle von Bildern und Material für meine Träumereien! Das ist ja die Gemeinheit, daß ich ein Träumer bin: mir genügten die Träume, von ihr aber dachte ich, daß sie *warten* werde.

So verging der ganze Winter gewissermaßen wie in ständiger Erwartung von irgend etwas. Ich liebte es, sie heimlich zu betrachten, wenn sie so an ihrem Tischchen saß. Sie beschäftigte sich mit einer Handarbeit, nähte an der Wäsche, abends aber las sie die Bücher, die sie in meinem Schrank vorfand. Die Auswahl der Bücher, die ich besaß, mußte in ihrer Art zu meinen Gunsten sprechen. Sie ging fast nie aus dem Hause. Vor der Dämmerung, nach dem Essen, ging ich jeden Tag mit ihr spazieren, und wir machten uns Bewegung, das geschah aber stets vollkommen schweigend, ganz so wie früher. Ich bemühte mich, stets so zu tun, als ob wir nicht schwiegen und in allem wortlos übereinstimmten, doch vermieden wir, wie gesagt, beide überflüssige Worte. Ich tat es mit Absicht, und ihr, dachte ich, müsse man unbedingt »Zeit lassen«. Eines ist allerdings sonderbar: es kam mir kein einziges Mal in den Sinn, daß ich es liebte, sie heimlich zu betrachten, andererseits aber während des ganzen Winters kein einziges Mal bemerkt hatte, daß auch ihr Blick auf mir ruhte. Ich glaubte, das wäre ihre Schüchternheit. Und zudem war sie von solch einer scheuen Sanftmut, sah sie nach der Krankheit so kraftlos aus. ‚Nein, warte lieber noch ab und – und sie wird plötzlich von selbst zu dir kommen ...‘

Dieser Gedanke bezauberte mich unwiderstehlich. Ich füge noch eines hinzu: zuweilen geschah es, daß ich mich selbst gewissermaßen aufhetzte und meinen Geist und meine Vernunft soweit brachte, daß ich mich durch sie gekränkt fühlte und sie feindselig betrachtete. Und das dauerte dann eine geraume Zeit an. Aber dieser Haß konnte sich doch nie so recht einnisten in meiner Seele. Und ich fühlte doch auch selbst im geheimen, daß es eigentlich nur ein Spiel war. Und sogar damals habe ich, wenn auch ich es war, der unsere Ehe zerriß, indem ich das Bett und den Wandschirm kaufte, – sogar damals habe ich in ihr niemals, niemals eine Verbrecherin sehen können. Und das nicht etwa deshalb, weil ich ihr Vergehen leichtsinnig beurteilt hätte, sondern weil ich mir vorgenommen hatte, ihr ganz und gar zu vergeben, schon vom ersten

Tage an, sogar schon bevor ich das Bett kaufte! Mit einem Wort, das war eine Sonderbarkeit meinerseits, denn ich denke sonst moralisch streng ... Im Gegenteil, in meinen Augen war sie dermaßen besiegt, dermaßen erniedrigt, dermaßen vernichtet, daß sie mir zuweilen in der Seele leid tat, obgleich mir andererseits bei all dem der Gedanke an ihre Erniedrigung manchmal entschieden wohlgefiel. Ja, der Gedanke an diese unsere Ungleichheit gefiel mir ...

In diesem Winter tat ich absichtlich mehr als einmal Gutes. Ich stundete unter anderem zwei Schuldnern und gab einer armen Frau ohne jedes Pfand Geld. Meiner Frau sagte ich nichts davon und ich tat es auch nicht, damit sie es erfahre; aber die arme Frau kam von selbst, um sich bei mir fast kniefällig zu bedanken. So erfuhr sie es dennoch; mir schien, es machte ihr wirklich Freude, dieses von der armen Frau zu hören.

Da kam der Frühling; es war schon Mitte April, die Vorfenster wurden herausgenommen, und die Sonne warf bereits grelle Strahlenbündel in unsere schweigenden Zimmer. Doch meine Augen waren gleichsam verbunden und ich war wie blind. Diese verhängnisvolle, furchtbare Binde vor meinen Augen! Wie kam es nur, daß es mir plötzlich wie Schuppen von den Augen fiel und ich mit einem Male alles sah und alles begriff? Ob es ein Zufall war, oder war's der Tag einer abgelaufenen Frist, oder war's ein Sonnenstrahl, der in meinem stumpfgewordenen Geist den Gedanken anzündete und mich die Wahrheit erraten ließ? Nein, da war kein Denken, kein Erraten im Spiel, da erzitterte nur plötzlich eine kleine Ader, eine bis dahin abgestorben gewesene Ader, die plötzlich zusammenzuckte und sich belebte, meine ganze stumpfgewordene Seele erleuchtete und meinen ganzen teuflischen Hochmut aufdeckte, so daß ich damals geradezu aufschnellte von meinem Stuhl. Und das geschah so plötzlich, so unvermutet. Es geschah gegen Abend, so gegen fünf Uhr nachmittags ...

II

Plötzlich fällt die Binde von den Augen

Zuvor noch zwei Worte. Schon vor einem Monat war mir an ihr eine sonderbare Nachdenklichkeit aufgefallen; das war nicht mehr Schweigsamkeit allein, sondern solch ein tiefes Sinnen. Das war mir gleichfalls ganz plötzlich aufgefallen. Sie saß damals mit einer Handarbeit am Tischchen, den Kopf über die Näharbeit gebeugt, und bemerkte nicht, daß ich sie betrachtete. Und da fiel es mir denn plötzlich auf, daß sie so schmal, so mager geworden war, das Gesichtchen so blaß und die Lippen so blutleer und dazu noch diese stille Nachdenklichkeit, – das alles erschreckte mich plötzlich maßlos. Früher schon hatte ich ab und zu gehört, daß sie ein wenig trocken hüstelte, besonders nachts. Ich erhob mich sofort und begab mich zu Schröder, um ihn zu uns zu bitten – ohne ihr etwas davon zu sagen.

Schröder kam am nächsten Tage. Sie war sehr verwundert und sah erstaunt bald mich, bald Schröder an.

»Aber ich bin doch ganz gesund!« sagte sie darauf mit einem unbestimmten Lächeln.

Schröder untersuchte sie nicht sonderlich genau (diese Mediziner sind mitunter geradezu herablassend nachlässig) und sagte mir dann im Nebenzimmer, es hätte nichts auf sich, sei noch von der Krankheit verblieben, und es wäre gut, wenn sie den Sommer am Meer verbringen könnte oder, falls das nicht möglich sein sollte, irgendwo auf dem Land. Mit anderen Worten, er sagte eigentlich nichts, außer, daß es Schwäche wäre oder ähnliches. Als Schröder gegangen war, sagte sie mir, indem sie mich furchtbar ernst anblickte, plötzlich nochmals:

»Ich bin wirklich, wirklich ganz gesund.«

Doch kaum hatte sie es gesagt, als sie plötzlich errötete, augenscheinlich vor Scham. Selbstverständlich war das Scham. Oh, jetzt verstehe ich es: sie schämte sich, daß ich noch *ihr Mann* war und mich um sie sorgte, als wäre ich noch wirklich ihr Mann. Damals jedoch begriff ich es nicht und schrieb das Erröten der Demütigung zu. (Die Binde vor den Augen!)

Und dann, einen Monat danach, im April, so gegen fünf Uhr nachmittags an einem klaren, sonnigen Tage, saß ich an der Kasse und rechnete. Plötzlich höre ich, daß sie im anderen Zimmer an ihrem Tischchen bei der Näharbeit leise, ganz leise ... singt. Das kam so unerwartet, machte auf mich einen so erschütternden Eindruck, und selbst heute noch kann ich ihn nicht recht erklären. Bis dahin hatte ich fast nie gehört, daß sie sang, höchstens in den allerersten Tagen, nachdem ich sie in mein Haus geführt, als wir noch Mutwillen treiben konnten, ins Ziel schießen und dergleichen ... Damals war ihre Stimme ziemlich stark und klangvoll und wenn auch ungeschult, so doch seltsam angenehm und klar gewesen. Jetzt aber war das Liedchen so schwach, oh, nicht daß es melancholisch gewesen wäre (es war irgendeine Romanze), aber es war, als ob in der Stimme etwas Gesprungenes, Zerbrochenes klänge, als ob das Stimmchen sich nicht zurechtfinden könnte, als ob der Gesang selbst krank gewesen wäre. Sie sang nur halblaut, und plötzlich, bei einer höheren Note, brach die Stimme ab, – solch ein armes Stimmchen, so leid tat's einem, als es abbrach! Sie hüstelte ein wenig und begann dann wieder leise, ganz leise, kaum hörbar zu singen ...

Man wird über meine Aufregung lächeln, doch niemals wird jemand begreifen, warum mich das so aufregte! Nein, es war noch kein Mitleid mit ihr, es war noch etwas ganz Anderes. Zuerst, wenigstens in den ersten Minuten, kam plötzlich ein Nichtbegreifenkönnen über mich, eine furchtbare Verwunderung, ja: eine furchtbare und sonderbare, krankhafte und fast rachsüchtige Verwunderung: »Sie singt, und das in meiner Gegenwart!? *Sollte sie mich etwa vergessen haben?«*

Ganz erschüttert blieb ich auf meinem Platz sitzen, dann

stand ich plötzlich auf, nahm meinen Hut und ging hinaus, ohne daran zu denken, was ich tat. Wenigstens weiß ich nicht, warum und wohin ich gehen wollte. Lukérja reichte mir meinen Mantel.

»Sie singt?« fragte ich sie unwillkürlich. Sie verstand mich nicht und sah mich verwundert an; übrigens war ich auch wirklich unverständlich.

»Singt sie jetzt zum erstenmal?«

»Nein, wenn Sie nicht zu Hause sind, singt sie zuweilen«, antwortete Lukérja.

Ich weiß noch, ich ging die Treppe hinunter, trat auf die Straße hinaus und ging dann geradeaus weiter, ging bis zur Ecke, blieb dort stehen und blickte angestrengt irgendwohin. Man ging an mir vorüber, stieß mich, ich empfand es nicht. Ich rief eine Droschke an und sagte dem Kutscher, er solle mich zur Polizeibrücke fahren; warum dorthin, weiß ich nicht. Doch im nächsten Augenblick gab ich's auf und schenkte dem Kutscher zwanzig Kopeken.

»Für die Ruhestörung«, sagte ich, ihm sinnlos zulächelnd, aber in meinem Herzen erhob es sich plötzlich wie ein Rausch. Ich kehrte um, ging nach Hause zurück, beschleunigte den Schritt. Jener leise, gesprungene, armselige Ton erklang plötzlich wieder in meiner Seele. Mir stockte der Atem. Die Binde fiel, fiel von meinen Augen! Wenn sie in meiner Gegenwart zu singen angefangen hatte, so hatte sie mich vergessen, das war's, was ich klar begriff, das war das Furchtbare! Das fühlte das Herz. Aber der Rausch strahlte in meiner Seele und überwältigte die Angst.

O Ironie des Schicksals! War doch, konnte doch in meiner Seele diesen ganzen Winter über nichts anderes gewesen sein außer diesem Rausch, dieser selben Begeisterung, wo aber war ich selbst diesen ganzen Winter gewesen? War ich überhaupt bei meiner Seele gewesen? Ich lief eilig die Treppe hinauf, weiß nicht, ob ich schüchtern eintrat. Erinnere mich nur noch, daß der ganze Fußboden unter mir wie ein Meer zu wogen schien und ich wie in einem Strom schwamm. Als ich ins Zimmer trat, saß sie noch auf ihrem früheren Platz, nähte, den Kopf über die Arbeit gebeugt, doch sang sie nicht mehr. Sie warf einen flüchtigen, gleichgültigen Blick auf mich, nur war das eigentlich kein Blick, sondern bloß so eine mechanische kleine Kopfwendung, gleichgültig und wie üblich, wenn irgend jemand ins Zimmer tritt.

Ich ging direkt auf sie zu und setzte mich neben sie auf einen Stuhl, ganz dicht neben sie, wie ein Wahnsinniger. Sie blickte schnell zu mir auf, als hätte ich sie erschreckt: ich ergriff ihre Hand, aber ich weiß nicht mehr, was ich ihr sagte oder was ich ihr sagen wollte, denn ich konnte kaum sprechen. Meine Stimme riß immer wieder ab und wollte mir nicht gehorchen. Und ich wußte ja auch gar nicht, was ich sagen wollte, war nur ganz atemlos.

»Sprechen wir ... weißt du ... sag' etwas!« brachte ich plötzlich stockend irgend so was Dummes hervor, – oh, war mir's denn um Klugheit zu tun! Sie zuckte wieder zusammen und bog sich erschrocken zurück, starrte mich entsetzt an, doch plötzlich drückte sich in ihren Augen – *strenge Verwunderung* aus. Ja, Verwunderung, und *strenge* Verwunderung! Mit großen Augen sah sie mich an. Diese Strenge, diese strenge Verwunderung zermalmte mich wie mit einem Keulenschlag: »So willst du noch Liebe, Liebe?« fragte es mich plötzlich aus dieser Verwunderung heraus, wenn sie auch schwieg. Doch ich las alles in ihrem Blick, alles. Alles erzitterte in mir, und ich stürzte ihr zu Füßen. Ja; ich fiel vor ihr nieder. Sie sprang schnell auf, aber ich hielt sie mit aller Kraft an beiden Händen zurück.

Und ich begriff vollkommen meine Verzweiflung, oh, ich begriff sie! Doch, werden Sie's mir glauben, der Rausch kochte in meinem Herzen so unbezwingbar, daß ich glaubte, ich stürbe. Berauscht und trunken vor Glück küßte ich ihre Füße. Ja, vor Glück, denn ich war grenzenlos, unermeßlich glücklich, und das bei vollem Begreifen meiner ganzen hoffnungslosen Verzweiflung! Ich weinte, sagte etwas, konnte jedoch nicht weitersprechen. Der Schreck und die Verwunderung wurden in ihr plötzlich von irgendeinem besorgten Gedanken verdrängt, von einer furchtbaren Frage, und sie blickte mich so sonderbar an, fast irr, sie strengte sich an, irgend etwas schneller zu begreifen und – lächelte. Sie schämte sich furchtbar, daß ich ihre Füße küßte und zog sie immer zurück, aber da küßte ich die Stelle des Fußbodens, wo ihr Fuß gestanden hatte. Sie sah das und plötzlich fing sie an vor Scham zu lachen (wissen Sie, so, wenn Menschen vor lauter Verlegenheit zu lachen anfangen). Da begann die Hysterie, ich sah es wohl, ihre Hände zuckten, – doch ich bedachte das nicht und flüsterte immer nur, daß ich sie liebe, daß ich nicht aufstehen würde, – »laß mich nur dein Kleid küssen ... mein Leben lang dich anbeten« ... Ich weiß nicht mehr, erinnere mich nicht, – und plötzlich schluchzte sie auf und erzitterte am ganzen Körper. Es war ein furchtbarer Nervenanfall. Ich hatte sie zu sehr erschreckt.

Ich trug sie auf das Bett. Als der Anfall vorüber war, setzte sie sich auf, erfaßte meine Hände und bat mich, obschon sie selbst ganz zerschlagen aussah, mich zu beruhigen: »Lassen Sie's gut sein, quälen Sie sich doch nicht so, beruhigen Sie sich!« und wieder begann sie zu weinen. Diesen ganzen Abend wich ich nicht von ihrer Seite. Sagte ihr in einem fort, daß ich sie nach Boulogne-sur-Mer bringen werde, damit sie Seebäder nehmen könne, jetzt, sofort, oder höchstens in zwei Wochen, daß sie solch einen gesprungenen Ton in der Stimme hätte, wie ich vorhin gehört, daß ich die Pfandkasse schließen und an Dobronráwoff verkaufen wolle, daß alles nun von neuem beginnen werde, aber zuerst – »nach Boulogne, nach Boulogne!« Sie hörte zu und fürchtete sich. Ihre Furcht wurde immer größer. Doch die Hauptsache war für mich, daß ich immer unbezwingbarer wieder zu ihren Füßen liegen und wieder den Boden, auf dem ihre Füße gestanden, küssen wollte, und sie anbeten und »sonst werde ich nichts, nichts mehr von dir verlangen«, wiederholte ich immer wieder, »du brauchst mir nichts zu antworten, beachte mich überhaupt nicht, laß mich nur dich von einem Winkel aus ansehen, behandle mich als dein Eigentum, als dein Hündchen.« ... Sie weinte.

»Und ich dachte, Sie würden mich hier einfach so bleiben lassen«, entschlüpfte es ihr plötzlich ganz unwillkürlich, so unwillkürlich, daß sie es vielleicht selbst nicht mal beachtete, wie sie es sagte, währenddessen aber, – oh, das war das allerwichtigste, allerverhängnisvollste Wort von ihr, und das für mich an jenem Abend allerverständlichste, und es war mir, als glitte es mir wie ein Messerschnitt über das Herz! Alles erklärte es mir, alles, doch solange sie bei mir war, vor meinen Augen, hoffte ich immer noch unbändig und war unbeschreiblich glücklich. Oh, ich habe sie maßlos ermüdet an jenem Abend, was ich natürlich sehr gut begriff, aber zugleich glaubte ich immer noch, ich würde alles sofort gutmachen können. Schließlich wurde es Nacht und sie war vollkommen erschöpft; da beredete ich sie denn, einzuschlafen, und sie schlief auch im Augenblick ein. Ich blieb bei ihr und wartete, ob sie nicht phantasieren würde: sie tat's auch, doch nur ein wenig, ganz leicht. In der Nacht erhob ich mich jeden Augenblick, ging leise in den Morgenschuhen zu ihr, um sie zu betrachten. Als ich dieses arme, kranke Wesen auf diesem schmalen eisernen Bett, das ich um drei Rubel für sie gekauft hatte, liegen sah, rang ich die Hände. Ich kniete nieder, doch wagte ich es nicht, die Füße der Schlafenden zu küssen (ohne ihre Erlaubnis). Ich wollte zu Gott beten – konnt' es aber nicht: sprang auf. Lukérja kam mehrmals aus der Küche und betrachtete mich ganz verwundert. Ich ging zu ihr hinaus und sagte ihr, sie solle schlafen gehen; morgen würde »etwas ganz Anderes« beginnen.

Und ich glaubte selbst daran, glaubte blind, wahnsinnig, unermeßlich! Oh, der Rausch, der Rausch trug mich mit sich fort! Ich sehnte nur den nächsten Tag herbei. Vor allen Dingen: ich war unfähig zu pessimistischen Befürchtungen, trotz der Symptome. Die gesunde Vernunft war noch nicht ganz zurückgekehrt, trotz der von den Augen gefallenen Binde, und lange, lange kehrte sie noch nicht zurück, – oh, bis auf den heutigen Tag nicht, bis auf den heutigen Tag! Ja, und wie, wie hätte sie damals auch wiederkehren sollen: damals lebte sie doch noch, schlief sie doch hier vor meinen Augen, und ich stand vor ihr: ‚Morgen wird sie aufwachen, und ich werde ihr alles sagen und sie wird dann alles verstehen!‘ So dachte ich es mir damals, so einfach und klar, darum auch der Rausch! Die Hauptsache war dabei die Reise nach Boulogne. Aus irgendeinem Grunde glaubte ich, daß Boulogne alles retten, daß Boulogne alles gutmachen werde. ‚Nach Boulogne, nur schnell nach Boulogne!‘ ... Wie ein Wahnbefangener wartete ich nur auf den Morgen.

III

Begreife es nur zu gut

Das war doch ... erst vor ein paar Tagen, vor fünf Tagen, im ganzen nur fünf Tagen, am vorigen Dienstag! Nein, nein, hätte sie doch nur einen Augenblick gewartet und – und ich hätte die Finsternis verscheucht! Hatte sie sich denn etwa nicht beruhigt? Hörte sie mir doch schon am nächsten Tage mit einem Lächeln zu, trotz der Verlegenheit ... Das war's ja: in dieser ganzen Zeit, in diesen fünf Tagen war sie entweder verlegen oder sie schämte sich. Auch Furcht war dabei, sogar große Furcht. Schon gut, ich sage ja nichts, ich werde nicht wie ein Irrsinniger widersprechen: es war Furcht vor mir. Aber wie hätte sie sich denn nicht fürchten sollen? Waren wir uns doch schon so fremd geworden, hatten uns doch schon so lange voneinander entwöhnt und plötzlich all das ... Aber ich beachtete ihre Angst nicht weiter, die Zukunft blendete mich! ... Es ist wahr, es ist zweifellos wahr: ich habe einen Fehler begangen. Und vielleicht habe ich sogar viele Fehler begangen. Gleich am Morgen schon, gleich nachdem wir aufgewacht waren, das war also am folgenden Tage (am Mittwoch) beging ich einen großen Fehler: ich wollte sie unverzüglich zu meinem Freunde machen. Nur beeilte ich mich damit zu sehr, allzusehr ... aber die Beichte war doch notwendig, unerläßlich! Ach, was sage ich »Beichte«! Das war doch weit mehr! Ich verbarg vor ihr nicht einmal das, was ich vor mir selbst mein Leben lang verborgen hatte. Ich sagte ihr unumwunden, daß ich den ganzen Winter von ihrer Liebe überzeugt gewesen war. Ich setzte ihr auseinander, daß die Pfandkasse nur eine Folge meines gesunkenen Willens und Geistes war, meine persönliche Idee von Selbstgeißelung und Selbstvergötterung. Ich erklärte ihr, daß ich damals am Büfett tatsächlich den Mut verloren hatte, und zwar einfach aus meinem Charakter heraus, aus Mißtrauen zu mir selbst, wenn man will; mich hatte die Umgebung verwirrt, es ängstigte mich dieses: ‚Wie werde ich da nun so vortreten und – wird es sich nicht vielleicht lächerlich ausnehmen?' Hatte nicht das Duell gefürchtet, wohl aber, daß es sich ‚lächerlich ausnehmen könnte' ... Dann aber hatte ich mir das doch nicht eingestehen wollen und mich und alle anderen deswegen gequält, ja hatte auch sie deswegen gequält und sie auch nur geheiratet, um sie deswegen zu quälen. Überhaupt sprach ich die ganze Zeit wie im Fieber. Sie erfaßte meine Hände und bat mich, aufzuhören: »Sie übertreiben ... Sie quälen sich«, und wieder brach sie in Tränen aus, wieder kam es fast zu einem Anfall! Immer wieder bat sie mich, nicht mehr davon zu sprechen und überhaupt nicht mehr daran zurückzudenken.

Ich beachtete ihr Flehen nicht oder nur wenig: ich dachte an den Frühling, an Boulogne! Dort ist Sonne, dort ist unsere neue Sonne! und nur davon sprach ich. Ich schloß die Pfandkasse und übergab die Sachen Dobronráwoff. Ich schlug ihr plötzlich vor, alles den Armen zu geben, außer den ersten drei Tausend, die ich von meiner Patin geerbt hatte, um mit diesen nach Boulogne zu fahren – »Und dann«, sagte ich, »kehren wir zurück und beginnen ein neues, arbeitsames Leben.« Dabei blieb's auch, denn sie erwiderte mir doch nichts darauf ... Sie lächelte nur. Ich glaube, sie lächelte mehr aus Zartgefühl, um mich nicht zu verletzen. Ich sah es doch, daß ich ihr zur Last fiel; glauben Sie nicht, ich wäre so dumm und solch ein Egoist gewesen, daß ich das nicht hätte sehen können. Ich sah alles, alles haarscharf, sah und wußte es besser als alle anderen; meine ganze Verzweiflung stand mir doch klar vor Augen!

Ich sprach immerzu von mir und von ihr. Auch von Lukérja. Ich erzählte ihr auch, daß ich geweint hatte ... Oh, ich wechselte doch auch das Thema, bemühte mich auch, gewisse Dinge mit keinem Wort zu erwähnen. Und sie wurde doch auch wieder lebhafter, ein- oder zweimal, ich kann mich doch noch gut daran erinnern, ich sah doch alles ganz genau! Wieso ... was sagen Sie da, ich hätte gesehen und dabei doch nichts bemerkt? Und wenn nur *das* nicht geschehen wäre, so wäre alles noch gut geworden! Erzählte sie mir doch noch vor drei Tagen, als das Gespäch auf Lektüre kam, was sie in diesem Winter gelesen hatte, – erzählte sie mir da doch alles ganz munter und lachte sogar, als ihr die Szene aus dem „Gil Blas" mit dem Erzbischof von Granada einfiel. Und wie kindlich, wie reizend klang ihr Lachen, ganz so wie früher in der Brautzeit (eine Sekunde, eine Sekunde!); wie froh war ich da! Und fast zugleich ... wie furchtbar betroffen: also mußte sie doch in diesem Winter, als sie hier so allein saß, schon soviel Gemütsruhe und Glück wiedergefunden haben, daß sie über diesem Meisterwerk alles vergessen und lachen konnte! Also war sie schon auf dem Wege, hatte sie schon begonnen, sich vollkommen zu beruhigen, begonnen, wirklich zu glauben, daß ich sie »einfach so« in Ruhe weiterleben lassen würde ... »Und ich glaubte, Sie würden mich hier *einfach so* lassen« ... war es ihr doch an jenem Dienstag entschlüpft! O Einfall eines zehnjährigen kleinen Mädchens! Und sie glaubte es doch, glaubte tatsächlich, daß hier wirklich alles *so bleiben* würde: sie an ihrem Tisch und ich an meinem und so bis zum sechzigsten Lebensjahr! Und plötzlich – tauche ich wieder auf, ich, der Mann, und der Mann braucht Liebe! O dieses Mißverstehen, o meine Blindheit!

Ein Fehler war ferner, daß ich in Ekstase zu ihr aufsah;

ich hätte mich beherrschen sollen, denn diese Ekstase schreckte natürlich. Aber ich beherrschte mich doch auch, küßte ich doch nicht mehr ihre Füße. Kein einziges Mal ließ ich merken, daß ... nun, daß ich Mann bin, – oh, und ich dachte auch gar nicht daran, ich betete sie ja nur an! Aber ich konnte doch nicht ganz und gar schweigen, konnte doch nicht überhaupt nicht sprechen! Ich sagte ihr plötzlich, daß die Unterhaltung mit ihr mich entzückte und daß ich sie seelisch für unvergleichlich, unvergleichlich gebildeter und entwickelter hielte als mich. Sie errötete darauf furchtbar und sagte ein wenig verwirrt, ich übertriebe. Da war es denn, daß ich dummerweise – konnte es nicht zurückhalten – zu erzählen begann, wie entzückt ich gewesen wäre, als ich, hinter der Tür stehend, damals ihrem Zweikampf zugehört hatte, dem Zweikampf der Unschuld mit jenem Lump, und wie mich ihre Klugheit, ihre so geistreichen Antworten bei aller kindlichen Gutmütigkeit bezaubert hatten. Sie erzitterte am ganzen Körper, stammelte zwar wieder, ich übertriebe, doch plötzlich bedeckte sie das Gesicht mit den Händen und schluchzte auf ... Da hielt denn auch ich es nicht mehr aus: wieder fiel ich vor ihr nieder, wieder küßte ich ihre Füße und wieder kam es zu einem Anfall, ganz so wie an jenem Dienstag. Das war gestern abend, und am nächsten Morgen ...

Am nächsten Morgen? Wahnsinniger, dieser Morgen war doch heute, vorhin noch, noch vor kurzem, noch ganz vor kurzem!

Hören Sie zu und begreifen Sie es: als wir uns heute früh beim Ssamowar trafen (also nach dem gestrigen Anfall), da setzte sie mich doch noch durch ihre Ruhe in Erstaunen, ja, so war's doch! Ich aber hatte die ganze Nacht aus Angst vor den Folgen der letzten Szene gezittert. Doch plötzlich tritt sie zu mir, stellt sich vor mich hin mit gefalteten Händen (heute früh, heute früh!), sagt, sie sei eine Verbrecherin, sie wisse es sehr wohl, und das Verbrechen habe sie den ganzen Winter gequält, auch jetzt quäle es sie ... daß sie meine Großmut nur zu sehr schätze und ... »ich werde Ihnen eine treue Gattin sein, ich werde Sie achten ...« Da sprang ich auf und wie ein Wahnsinniger schloß ich sie in meine Arme! Ich küßte sie, küßte ihr Gesicht, küßte ihre Lippen, küßte sie, wie ein Mann nach langer Trennung küßt! Und warum nur ging ich vorhin fort ... im ganzen nur auf zwei Stunden ... unsere ausländischen Pässe ... O Gott! Wär' ich nur fünf Minuten früher zurückgekehrt! ... Und da steht diese Volksmenge vor unserem Hause, alle Blicke richten sich auf mich ... o Gott!

Lukérja sagt (ach, auf keinen Fall lasse ich jetzt Lukérja fort, um keinen Preis; sie weiß alles, sie war den ganzen Winter zugegen, sie wird mir alles erzählen), sie sagt, sie sei ungefähr zwanzig Minuten vor meiner Rückkunft zur gnädigen Frau ins Zimmer gegangen, um etwas zu fragen, ich weiß nicht mehr was, und da habe sie gesehen, daß ihr Heiligenbild (dieses selbe der Muttergottes) aus dem Schrein herausgenommen ist und vor ihr auf dem Tisch steht, die gnädige Frau aber steht davor, als ob sie gerade vor ihm gebetet hätte.

»Was tun Sie denn da, gnädige Frau?«

»Nichts, Lukérja, geh' nur ... Wart', Lukérja«, und sie kommt auf sie zu und küßt sie.

»Sind Sie jetzt«, fragt Lukérja, »glücklich, gnädige Frau?«

»Ja, Lukérja.«

»Ja, ja, der Herr hätte gnädige Frau schon längst um Verzeihung bitten sollen ... Gott sei Dank, daß Sie sich jetzt versöhnt haben!«

»Schon gut, Lukérja«, sagt sie, »geh' jetzt, Lukérja«, und sie lächelt sogar, lächelt so sonderbar ... So sonderbar, daß Lukérja nach zehn Minuten zurückkam, um nochmals nach der gnädigen Frau zu sehen.

»Ich sehe, sie steht an der Wand, ganz nah am Fenster, hat die Hand an die Wand gelegt und preßt den Kopf in die Hand, steht so und denkt. Und steht so tief nachdenklich, daß sie gar nicht bemerkt hat, wie ich hereingekommen bin und sie von dort, aus dem anderen Zimmer, betrachte. Ich sehe, sie scheint zu lächeln: sie steht, denkt und lächelt. Ich betrachte sie, drehe mich dann leise um und gehe wieder zurück, denke noch so bei mir selbst; aber dann höre ich plötzlich das Fenster öffnen. Ich ging sofort wieder hin, um zu sagen, daß es kalt ist, gnädige Frau könnten sich erkälten – aber da sehe ich: sie steigt auf das Fensterbrett und steht schon ganz aufgerichtet im offenen Fenster, mit dem Rükken zu mir, hält in den Händen das Heiligenbild. Mein Herz bleibt mir stehen, ich schreie: ‚Gnädige Frau! Gnädige Frau!' Sie hört es, will sich so wie zu mir umwenden, wendet sich aber doch nicht um, und – tritt ins Leere, preßt das Heiligenbild an die Brust und – stürzt hinab!«

Ich weiß nur noch, daß sie, als ich an der Haustür ankam, noch warm war. Und merkwürdig, alle sahen auf mich. Zuerst schrien sie und sprachen, und plötzlich ist alles still und verstummt und ... da treten sie vor mir zurück und ... und da sehe ich sie liegen mit dem Heiligenbild. Ich erinnere mich nur noch wie durch einen dichten Nebel, daß ich schweigend zu ihr trat und lange vor mich hinsah. Und alle umringen sie mich und sprechen etwas zu mir. Lukérja soll auch dort gewesen sein; ich weiß es nicht, ich habe sie nicht gesehen. Sie sagt, sie hätte mit mir gesprochen. Ich erinnere mich nur noch jenes Bauern: er rief mir die ganze Zeit zu: »Nur eine Handvoll Blut ist aus dem Mund geflossen, nur eine Handvoll, eine Handvoll!« und wies, zu mir gewandt, immer auf das bißchen Blut auf der Steinplatte. Ich ... ich glaube, ich berührte das Blut mit dem Finger, beschmutzte den Finger, betrachtete darauf meinen Finger (dessen erinnere ich mich noch genau), der Bauer aber schreit noch weiter: »Nur eine Handvoll, eine Handvoll, eine Handvoll!«

»Was für eine Handvoll?« soll ich ihn plötzlich wütend angeschrien haben. Man sagt, ich hätte die Hände erhoben und mich auf ihn gestürzt ...

O Roheit! O Mißverständnis! O Unglaublichkeit! Unmöglichkeit!

IV

Im ganzen nur fünf Minuten zu spät

Oder etwa nicht? Ist denn das glaubhaft? Kann man denn sagen, das wäre möglich? Wieso, weshalb ist diese Frau gestorben?

Ach, glauben Sie mir, ich verstehe es vollkommen; doch warum sie gestorben ist – das bleibt immer noch eine Frage. Meine Liebe hat sie erschreckt. Sie hat sich gewissenhaft gefragt: soll ich sie annehmen oder soll ich nicht, und hat die Frage nicht ertragen und ist lieber in den Tod gegangen. Ich weiß, ich weiß, es hat keinen Sinn, sich darüber den Kopf zu zerbrechen: sie hatte zu viel versprochen, sie erschrak, fürchtete, daß sie es nicht würde halten können, – es ist doch klar. Hier gibt es mehrere Beweggründe vollkommen furchtbarer Art.

Denn ... weshalb ist sie gestorben? – das bleibt trotzdem eine Frage. Diese Frage pocht, pocht in meinem Gehirn. Ich hätte sie doch *»einfach so«* in Ruhe gelassen, wenn sie gewollt hätte, daß es »einfach so« bliebe. Sie aber konnte jetzt nicht mehr daran glauben, das war's! Nein, nein, ich lüge, gar nicht das war's! Sondern einfach, weil man mit mir ehrlich sein mußte: lieben, dann auch ganz lieben, nicht aber so, wie sie den Kaufmann geliebt hätte. Da sie aber zu keusch war, zu rein, um sich mit solch einer Liebe, wie sie der Kaufmann braucht, abzufinden, so wollte sie mich nicht betrügen. Wollte mich nicht mit einer halben Liebe unter dem Anschein der Liebe betrügen, oder mit einer Viertelliebe. Solche Menschen wie sie sind eben schon allzu ehrlich, das ist's. Hochherzigkeit hatte ich ihr einimpfen wollen, wissen Sie noch? Sonderbarer Gedanke.

Gern wüßte ich eines: ob sie mich überhaupt geachtet hat? Ich weiß nicht, hat sie mich verachtet oder nicht? Ich glaube nicht, daß sie mich verachtet hat. Wie sonderbar: warum ist es mir kein einziges Mal in den Sinn gekommen, den ganzen langen Winter über, daß sie mich verachtete? Ich war im höchsten Grade vom Gegenteil überzeugt, bis zu dem Augenblick, als sie mich damals plötzlich mit *strenger Verwunderung* anblickte. Gerade mit *strenger* ... Da begriff ich denn mit einemmal, daß sie mich verachtete. Begriff es unwiderruflich, für alle Ewigkeit! Ach, gut, gut, möge sie mich verachten, meinetwegen das ganze Leben lang, wenn sie nur lebte, lebte! So kurz ist's her, daß sie noch hier herumging, sprach. Ich begreife wirklich nicht, wie sie sich hat aus dem Fenster stürzen können! Und wie hätte ich mir das nur fünf Minuten vorher denken können? Ich rief Lukérja. Diese Lukérja, die lasse ich jetzt auf keinen Fall fort, auf keinen Fall!

Wir hätten uns ja noch verständigen können. Nur hatten wir uns im Winter so entwöhnt voneinander, aber hätten wir uns denn nicht wieder aneinander gewöhnen können? Warum, warum hätten wir nicht wieder eine Ehe führen und ein ganz neues Leben beginnen können? Ich bin großmütig, und sie ist es gleichfalls, da hätten wir ja schon einen Berührungspunkt! Noch ein paar Worte, noch zwei Tage, das hätte genügt, und sie würde alles begriffen haben.

Vor allen Dingen ist das kränkend, daß es nur ein Zufall war, ein gewöhnlicher, barbarischer, blinder Zufall! Das ist ja das Beleidigende! Fünf Minuten, im ganzen nur fünf Minuten bin ich zu spät gekommen! Wäre ich fünf Minuten früher zurückgekehrt – der Augenblick wäre wie eine Wolke vorübergezogen, und nie wieder wäre es ihr in den Sinn gekommen ... Und schließlich hätte sie alles begriffen. Jetzt aber sind die Zimmer wieder leer, wieder bin ich allein. Dort tickt der Pendel, ihn geht es nichts an, ihm tut nichts leid. Es ist niemand da — das ist das Unglück!

Ich gehe, die ganze Zeit gehe ich ... Ich weiß, ich weiß, flüstert mir nichts vor! Ihr lächelt darüber, daß ich den Zufall anklage und die fünf Minuten? Aber hier liegt es doch auf der Hand! Bedenken Sie bloß eines: sie hat nicht einmal einen Zettel hinterlassen, daß ... nun, daß sie sich selbst ... wie ihn alle hinterlassen. Andernfalls hätte sie sich doch sagen müssen, daß man jetzt sogar Lukérja verdächtigen könnte ... »Bist ganz allein mit ihr in der Wohnung gewesen, also hast du sie zum Fenster hinausgestoßen.« Wenigstens hätte man Lukérja verhören müssen, wenn nicht zufällig vier Zeugen vorhanden wären, die aus ihren Fenstern gesehen haben, wie sie mit dem Heiligenbild im offenen Fenster gestanden ist und sich selbst hinabgestürzt hat. Das ist doch ein reiner Zufall, daß diese vier es gesehen haben. Nein, das Ganze – war nur ein Augenblick, bloß ein willkürlicher Augenblick, in dem sie sich von ihrer Tat keine Rechenschaft ablegte. Überrumpelung durch die Phantasie! Was will's besagen, daß sie vor dem Heiligenbild gebetet hat? Das bedeutet doch nicht, daß sie es vor dem Schritt in den Tod getan. Dieser Augenblick hat vielleicht nur armselige zehn Minuten gedauert, den ganzen Entschluß hat sie gefaßt, als sie, den Kopf in die Hand gestützt, an der Wand stand und lächelte. Der Gedanke ist ihr plötzlich durch den Kopf gegangen, hat ihr Schwindel verursacht und – und sie hat ihm nicht widerstehen können.

Das war ein augenscheinliches Mißverständnis – was Sie da auch einwenden mögen. Mit mir ließe es sich doch leben ... Wie aber, wenn es Blutarmut war? ... Einfach aus Blutarmut, aus Erschöpfung der Lebensenergie? Müde war sie geworden im Winter, das war's ...

Ich bin zu spät gekommen!!!

Wie schmal sie im Sarge ist, das Näschen wie spitz geworden! Die Wimpern liegen wie kleine Pfeile. Und wie sonderbar sie gefallen ist, nichts ist zerschmettert, nichts verunstaltet! Nur diese eine »Handvoll Blut«, nur ein Eßlöffel voll. Innere Verblutung.

Sonderbarer Einfall: wenn es möglich wäre, sie nicht zu beerdigen? Denn wenn man sie forträgt ... nein, nein, das ist doch fast unmöglich! Oh, ich weiß ja, daß man sie forttragen muß; ich bin doch nicht wahnsinnig, ich phantasiere doch nicht, im Gegenteil, noch nie ist mein Verstand so klar und wach gewesen, aber wie soll denn das wieder so werden: wieder kein Mensch im Hause, wieder zwei Zimmer und wieder ich allein mit den Pfändern ... Irrsinn ... Fieberirrsinn ... das ist ja ein Fiebertraum! Ich habe sie zu Tode gequält – das ist es!

Was sind mir jetzt eure Gesetze? Was sollen mir jetzt eure Gebräuche, eure Sitten, euer Leben, euer Staat, eure Religion? Mögen mich eure Richter richten, möge man mich vor euer Gericht schleppen, vor euer Geschworenengericht; da werde ich sagen, daß ich nichts anerkenne! Der Richter wird mich anfahren: »Schweigen Sie, Offizier!« Ich aber werde schreien: »Woher willst du eine Macht haben, der ich jetzt noch gehorchen könnte? Warum hat finsteres Verhängnis das zerstört, was mir das Teuerste war? Was sind mir jetzt noch eure Gesetze?! Ich schließe mich ab von euch!« Oh, ist mir doch alles gleich!

Du Blinde, Blinde! Bist tot, hörst es nicht! ... Du weißt nicht, mit welch einem Paradies ich dich umgeben hätte. Das Paradies war in meiner Seele, ich hätte es um dich gepflanzt! Gut, du hättest mich nicht geliebt, – sei's drum, nun, und – was? Alles wäre jetzt »einfach so« und würde auch »einfach so« bleiben. Würdest mir nur wie einem Freund erzählen, und da würden wir uns denn freuen, würden zusammen lachen, freudig uns in die Augen blicken. Und so würden wir denn leben ... Und wenn du einen anderen liebgewinnen solltest, – nun, sei's drum, sei's drum! Du würdest dann mit ihm gehen und lachen, ich aber würde nur von der anderen Straßenseite zusehen ... Ach, alles, alles! wenn sie nur noch einmal die Augen aufschlüge! Nur auf einen Augenblick, nur auf einen! ... mich anblicken, so wie vorhin, als sie vor mir stand und schwor, daß sie meine treue Gattin sein wolle! Ach, mit einem einzigen Blick würde sie alles begreifen!

Verhängnis! O Natur! Die Menschen sind einsam auf Erden – das ist das Unglück! „Sprich, Ferne, lebt in dir ein Mensch?" rief einstmals, wie unsere Sagen künden, in alten Zeiten der fahrende russische Held. So rufe auch ich, kein

Held zwar, doch niemand gibt mir Antwort. Es heißt, die Sonne belebe das Weltall. Wenn die Sonne aufgeht – so seht sie doch an: ist das nicht eine Leiche? ist sie nicht tot? ... Alles ist tot und überall ist Tod. Nur die Menschen leben, um sie herum aber ist Schweigen – das ist die Erde!

„Ihr Menschen, liebet einander", – wer hat das gesagt? Wessen Gebot ist das? Der Pendel tickt ... tickt, gefühllos, widerlich. Zwei Uhr nachts. Ihre Schuhchen stehen vor ihrem Bett, als ob sie auf sie warteten ... Nein, im Ernst, wenn man sie morgen fortträgt, was wird dann aus mir? ...

HELLE NÄCHTE

[1] S. 31: Der Petersburger nimmt seine Hauptmahlzeit nachmittags zwischen 5 und 7 Uhr ein.

[2] S. 34: Diana Vernon, Clara Mowbray, Effie Deans, Minna und Brenda sind Gestalten aus den Romanen von Walter Scott; die Gräfin W.D. war die literarisch interessierte Gräfin Woronzówa-Dáschkowa, in deren Salon Dichter und Künstler verkehrten. Sie starb 1856. Cleopatra ist in Puschkins Dichtung »Ägyptische Nächte« skizziert. »Das Häuschen in Kolomna« ist ein Gedicht von Puschkin, das humoristisch berichtet, wie eine Witwe, die mit ihrem Töchterlien ein Häuschen in Kolomna bewohnt und eine Köchin sucht, diese ihr von der Tochter zugeführte Köchin eines Tages dabei ertappt, wie wie sich vor dem Spiegel rasiert.

DIE SANFTE

[1] S. 83: *»Die Sanfte«* ist erstmals im November 1876 in Dostojewskis »Tagebuch eines Schriftstellers« erschienen.

Iwan Bunin

»Bunin schreibt eine derartige Prosa, daß es nicht übertrieben ist, von ihm zu sagen, er ist der beste Stilist unserer Zeit.« Maxim Gorki

Das Dorf

Roman. Aus dem Russischen von Arthur Luther.
159 Seiten. Serie Piper 797

Grammatik der Liebe

Erzählungen. Auswahl und Nachwort von Horst Bienek.
Aus dem Russischen von Georg Schwarz und Ilona Koenig.
259 Seiten mit Zeittafel. Serie Piper 432

Dunkle Alleen

Erzählungen. Auswahl und Nachwort von Horst Bienek.
Aus dem Russischen von Ilona Koenig. 141 Seiten. Serie Piper 677

Ein letztes Wiedersehen

Erzählungen. Aus dem Russischen von Georg Schwarz.
156 Seiten. Serie Piper 960

Nächtliches Gespräch

Erzählungen. Aus dem Russischen von Larissa Robiné,
Georg Schwarz und Erich Ahrndt. 132 Seiten. Serie Piper 1176

Jewgenia Ginsburg

Marschroute eines Lebens

Aus dem Russischen von Swetlana Geier.
383 Seiten. Serie Piper 462

»›Die Marschroute‹ – das ist der Anfang eines neuen Kapitels unseres gesellschaftlichen Denkens und unserer Literatur«, schrieb Lew Kopelew über dieses erschütternde Dokument, den ersten Bericht, in dem eine russische Frau – »ein weiblicher Hiob« (Heinrich Böll) – Zeugnis über ihren Leidensweg während der Stalinzeit ablegt. Jewgenia Ginsburg schildert die zwei Jahre dauernde Tortur des Parteiverfahrens, den Ausschluß aus der Partei, die Verurteilung zu zehn Jahren Haft (insgesamt wird sie 18 Jahre im Gefängnis und im Lager verbringen). Nach langer Einzelhaft wird sie 1940 in die Eiswüste von Kolyma verschickt. Hier schließt »Gratwanderung« an.

Gratwanderung

Aus dem Russischen von Nena Schawina.
Vorwort von Heinrich Böll. Nachwort von Lew Kopelew und Raissa Orlowa. 512 Seiten. Serie Piper 293

»Ich tauche auf aus einer Lektüre, die mich für Tage in einen weit entfernten Archipel entführt hat, in den Archipel Gulag von Kolyma, am Ochotskischen Meer im nordöstlichen Sibirien gelegen, eine Strafkolonie, furchtbarer noch als sie ein Kafka beschreiben konnte, in der zeitweilig mehrere hunderttausend politische Häftlinge gelebt, geschuftet, gelitten haben und Zehntausende umgekommen sind, hauptsächlich bei der Arbeit in Goldbergwerken. Tauche auf aus dem Kreis der Hölle, der hier in Prosa und in seiner ganzen Furchtbarkeit beschworen wird, begleitet von den Bildern des Schreckens, aber auch angerührt von den Gesten der Menschlichkeit, des Trostes, des Überlebens. Das ist kein Buch, das man einfach liest, sondern ein Stück Geschichte, in die man hineingezogen wird.« Horst Bienek, Die Zeit

Alexander Solschenizyn

Das Rote Rad
Erster Knoten
August vierzehn

Roman. Aus dem Russischen von Swetlana Geier. 1049 Seiten. Leinen

Die hier vorliegende endgültige Fassung von »August vierzehn« ist grundlegend überarbeitet und gegenüber der 1972 erschienenen Ausgabe um rund 500 Seiten erweitert. »August vierzehn« ist der »Erste Knoten« des auf acht Bände angelegten Romanzyklus »Das Rote Rad«, in dem die russische Revolution und ihre Vorgeschichte zu einer umfassenden, bewegenden literarischen Darstellung gelangen.

Das Rote Rad
Zweiter Knoten
November sechzehn

Roman. Aus dem Russischen von Heddy Pross-Weerth. 1199 Seiten. Leinen

Das Rote Rad
Dritter Knoten
März siebzehn
Erster Teil (23. Februar – 18. März)

Roman. Aus dem Russischen von Heddy Pross-Weerth. 746 Seiten. Leinen

Das Rote Rad
Dritter Knoten
März siebzehn
Zweiter Teil (23. Februar – 18. März)

Roman. Aus dem Russischen von Heddy Pross-Weerth. 888 Seiten. Leinen

Der dritte »Knoten« von Alexander Solschenizyns grandiosem Epos über die Russische Revolution schildert die Ereignisse im März 1917 in Petrograd, die Streiks und Demonstrationen der Arbeiter, die zum Sturz der zaristischen Herrschaft und zur Ausrufung der bürgerlichen Republik führen.